BEST SELLER

Alberto Vázquez-Figueroa nació en 1936 en Santa Cruz de Tenerife. Antes de cumplir un año, su familia fue deportada a África por motivos políticos, donde permaneció entre Marruecos y el Sáhara hasta cumplir los dieciséis. A los veinte años se convirtió en profesor de submarinismo a bordo del buque-escuela *Cruz del Sur*. Cursó estudios de periodismo, y en 1962 comenzó a trabajar como enviado especial de *Destino*, *La Vanguardia* y posteriormente de Televisión Española. Durante quince años visitó casi un centenar de países y fue testigo de numerosos acontecimientos clave de nuestro tiempo, entre ellos las guerras y revoluciones de Guinea, Chad, Congo, República Dominicana, Bolivia, Guatemala... Las secuelas de un grave accidente de inmersión le obligaron a abandonar sus actividades como enviado especial. Tras dedicarse una temporada a la dirección cinematográfica, se centró por entero en la creación literaria. Ha publicado más de cuarenta libros, entre los que cabe mencionar: *Tuareg*, *Ébano*, *Manaos*, *Océano*, *Yáiza*, *Maradentro*, *Viracocha*, *La iguana*, *Nuevos dioses*, *Bora Bora*, la serie *Cienfuegos*, *Los ojos del tuareg* y *El señor de las tinieblas*. Nueve de sus novelas han sido adaptadas al cine. Alberto Vázquez-Figueroa es uno de los autores españoles contemporáneos más leídos en el mundo.

Biblioteca

ALBERTO VÁZQUEZ-FIGUEROA

Xaraguá

Cienfuegos VI

DEBOLS!LLO

Sexta edición con esta portada: enero, 2015

Travessera de Gràcia, 47-49. 08021 Barcelona

Printed in Spain – Impreso en España

ISBN: 978-84-9759-865-1 (vol. 69/26)
Depósito legal: B-1097-2012

Impreso en Liberdúplex,
Sant Llorenç d'Hortons (Barcelona)

P 8 9 8 6 5 A

Penguin
Random House
Grupo Editorial

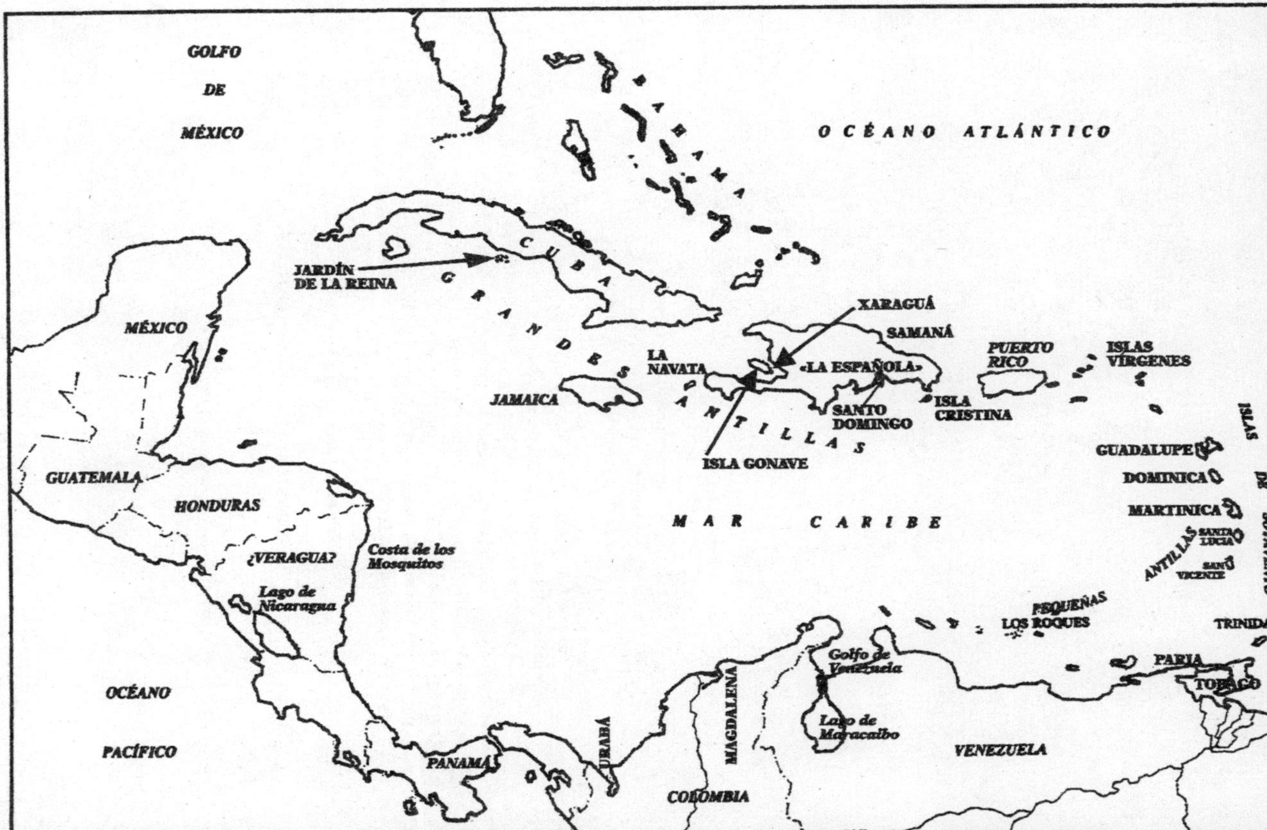
GOLFO DE MÉXICO
OCÉANO ATLÁNTICO
BAHAMA
CUBA
JARDÍN DE LA REINA
GRANDES ANTILLAS
XARAGUÁ
SAMANÁ
LA NAVATA
«LA ESPAÑOLA»
PUERTO RICO
ISLAS VÍRGENES
JAMAICA
SANTO DOMINGO
ISLA CRISTINA
ISLA GONAVE
ISLAS DE SOTAVENTO
GUADALUPE
DOMINICA
MARTINICA
SANTA LUCÍA
SAN VICENTE
ANTILLAS
PEQUEÑAS
LOS ROQUES
TRINIDAD
PARIA
TOBAGO
MÉXICO
GUATEMALA
HONDURAS
¿VERAGUA?
Costa de los Mosquitos
Lago de Nicaragua
MAR CARIBE
OCÉANO PACÍFICO
PANAMÁ
URABÁ
MAGDALENA
COLOMBIA
Golfo de Venezuela
Lago de Maracaibo
VENEZUELA

Xaraguá es el más hermoso lugar que puso el buen Dios sobre la Tierra, con espesos bosques que ofrecen caza a mi pueblo, suaves colinas en las que cultivar los alimentos que nos son necesarios, y un mar limpio y caliente que nos regala gran cantidad de peces de todas las especies.

Xaraguá es también el lugar en el que descansan nuestros antepasados; aquel en el que se mantiene viva nuestra historia, y en el que nacieron siglos atrás los más nobles fundadores de mi estirpe.

Es un país generoso, Majestad, pequeño y generoso para quienes lo poblamos desde hace cientos de años, pero no es país que ofrezca oro, perlas, ni aun diamantes, ni nada de cuanto a vuestros capitanes tanto agrada, y por lo que con tan inusitado ardor han luchado en la conquista del resto de la isla.

Tampoco es tierra de esclavos, Majestad, sino de taínos que nacieron en libertad y libres desean seguir siendo, lo cual no quita para que estén dispuestos a aceptar Vuestra Suprema Autoridad, siempre que tengáis a bien permitirles continuar siendo dueños de esa libertad y de esos campos.

Como Reina que soy de Xaraguá, de igual a igual, y con todos los respetos, os suplico por tanto que nos permitáis seguir siendo fieles súbditos en este bendito reino que nada ofrece a Vuestro pueblo y tanto ofrece sin embargo al mío, sin intentar someternos por la fuerza, lo cual tal vez no conduciría más que a un inútil y lamentable derramamiento de sangre.

La carta que la Princesa Anacaona dictara a Bonifacio Cabrera, y que éste hiciera llegar a Fray Nicolás de Ovando con el ruego de que la remitiera a Su Católica Majestad, la Reina Isabel, allá en España, jamás atravesó el océano, ya que el receloso Gobernador de La Española quiso ver en semejante misiva un agravio a su persona, dado que por medio de ella «una salvaje desnuda» se permitía la osadía de dirigirse personalmente a Su Soberana sin tener en cuenta que él era la máxima autoridad en aquella isla, y su único y legítimo representante.

Cierto era en verdad que, según sus noticias, Xaraguá no ofrecía oro ni perlas, ni aun diamantes, y que incluso era pobre en las especias y el «palobrasil» que tanto codiciaban los españoles, pero ello no bastaba, a su modo de entender, para que una «india emplumada» tuviera el descaro de tratar «de igual a igual», a la Reina de España.

Conviene tener presente que Fray Nicolás de Ovando fue, sin lugar a dudas, el más racista de cuantos mandatarios envió la Corona al Nuevo Mundo, y que por aquel tiempo atravesaba una grave crisis personal, ya que tenía plena conciencia de que la mayoría de sus conciudadanos le consideraban el único responsable del desastre de una flota que se había ido al fondo del mar cargada de tesoros y vidas humanas.

Por tal razón ejercía una férrea censura sobre cuantos documentos tuvieran la pretensión de llegar a manos de los Reyes, y la carta de la Princesa no constituyó desde luego una excepción a semejante regla.

Al salir de Sevilla había recibido instrucciones muy concretas: destituir al Gobernador Bobadilla, abastecer de oro, perlas y especias a la Metrópoli, y consolidar el dominio español sobre la isla.

El oro, las perlas, las especias e incluso el propio Bobadilla, se habían perdido por desgracia en lo más profundo del océano, por lo que no le quedaba más remedio que cumplir a rajatabla con la segunda parte de su encargo si no quería incurrir en el enojo de quienes le habían nombrado Gobernador.

Dar curso a la carta de una india que se autoproclamaba «reina» donde se suponía que no había más autoridad que la suya, era algo que estaba muy lejos de su ánimo, y así se lo hizo notar a su buen amigo y consejero, Fray Bernardino de Sigüenza, en el transcurso de una de aquellas amigables cenas que solían reunirles una vez por semana.

—El principal error de los Colón y Bobadilla fue mostrarse demasiado blandos con los vencidos, lo cual propició que a estas alturas aún queden núcleos de rebelión —señaló seguro de sí mismo—. Hace ya una década que pusimos el pie en estas tierras y aún existe quien, como Anacaona, se sigue considerando «reina». Levantar un imperio exige acabar con tan lamentable estado de cosas.

El escuálido frailecillo, que pese a los ruegos y consejos de su mentor y amigo continuaba siendo el hombre más sucio y hediondo de La Española, pero seguía siendo, de igual modo, el más bondadoso y uno de los más inteligentes y nobles, se apresuró a mostrar su desacuerdo con tan radicales teorías.

—El Reino de Dios debe edificarse sobre la paz y la comprensión —susurró con intención—. Tan sólo el «Imperio de los Hombres» se basa en el exterminio y el abuso de la fuerza. Y siempre he creído que nos enviaron a promover la fe en Cristo, no a ensanchar fronteras.

—¡Oh, vamos! —se lamentó el Gobernador, a todas luces molesto—. ¿Hasta cuándo seguiréis siendo un iluso? Esos hábitos, que por cierto os recomiendo asear, no deberían impediros aceptar que nuestra labor misionera debe ir siempre a remolque de las victorias militares. Para que existan «fieles» tenemos que conseguir primero «súbditos».

—En ese caso nunca serán auténticos «fieles», sino tan sólo siervos que aceptan lo que sus amos les imponen. Yo desearía que fueran libres de amar a Cristo sin ningún tipo de presiones.

—Estos salvajes amarían a Cristo, a Mahoma o a Buda según lo que les ordenáramos, pero sus hijos y los hijos de sus hijos, que habrán nacido en el seno de la verdadera fe, serán cristianos sinceros, y a buen seguro que de entre ellos surgirán santos que engrandecerán nuestra

Iglesia fue la convencida respuesta del Gobernador Ovando—. Todo debe ir por sus pasos: en primer lugar conquista, y luego evangelización, ya que si lo hiciéramos al contrario estaríamos luchando contra nuestros hermanos en la fe, y eso no sería grato a los ojos del Señor.

—Salamanca os doctoró en teología y no cabe duda de que Valladolid lo hizo en política... —sentenció Fray Bernardino—. Pero resulta evidente que en ambas Universidades debisteis ser brillante en retórica.

—Lo tomo por un cumplido, ya que viniendo de vos no puedo ni tan siquiera imaginar que sea una ofensa —replicó socarrón Fray Nicolás—. Pero olvidad el tema y decidme qué opináis de esa tal Anacaona.

—Que debe tratarse de una mujer muy especial, ya que consiguió enamorar a hombres tan diferentes entre sí como el brutal cacique Canoabó, el exquisito capitán Alonso de Ojeda y el ladino Bartolomé Colón... —El franciscano se sonó los mocos con un repugnante trapajo como si tratase de disimular una traviesa sonrisa—. Eso sin contar docenas de otros muchos.

—Sobre la liberalidad de sus costumbres no abrigo dudas —admitió el otro algo amoscado—. Mas por lo que ahora os estoy preguntando, es por su capacidad de aglutinar a su alrededor a las fuerzas rebeldes.

—¿De qué «Fuerzas Rebeldes» me estáis hablando? —se escandalizó el de Sigüenza poniéndose en pie de un salto para comenzar a pasear nerviosamente de un lado a otro de la estancia—. Que yo sepa de lo único que se habla aquí es de una humilde carta a la Reina.

—No tan humilde.

—¿Ah, no?

—No, en absoluto. ¿O es que acaso no habéis reparado en que se hace mención a un «derramamiento de sangre»? ¿Es humilde quien habla de derramar sangre?

—Se refiere a la de su gente, no a la de los españoles.

—¿Os imagináis que se dejarían matar como corderos? Si hay lucha caerán algunos de los nuestros.

—¡Lógico! —admitió Fray Bernardino—. Pero resulta evidente que no quieren luchar a ningún precio.

—No veo por parte alguna tal evidencia.

—Decid más bien que no os conviene verla —puntualizó el franciscano—. Y no se me antoja justo.

—Os recuerdo que estáis aquí como consejero, no como crítico —mascullò molesto el Gobernador, al tiempo que se servía una copa de su amado licor de guindas—. Decidme qué opináis sobre esa india y no especuléis sobre unos planes que aún no tengo muy claros.

Fray Bernardino, al que las pulgas o los piojos habían comenzado de pronto a agredir con especial fruición en la entrepierna, se volvió para rascarse sin llamar en exceso la atención de su interlocutor, y cuando se sintió reconfortado, replicó con voz entrecortada por el esfuerzo:

—La principal misión de un consejero estriba en advertir sobre los errores que pueda cometer, dado que, una vez cometidos, de poco sirven las palabras. —Lanzó un breve suspiro de alivio—. Y en este caso, iniciar un nuevo enfrentamiento armado se me antoja una equivocación de nefastas consecuencias.

—No son de la misma opinión mis capitanes.

—Un militar sin guerra es como un cura sin parroquia —sentenció el otro mordaz—. Y de Vos depende escuchar a quien os habla movido por motivos personales, o a quien lo hace libre de cargas.

—Yo os escucho.

—Como al viento que dejará de soplar mañana. Y os recuerdo que Sus Majestades han expresado más de una vez públicamente que los intereses de los indígenas deben primar sobre los de cualquier otro por importante que sea.

—«Públicamente» —recalcó con intención Ovando—. Pero en privado mis órdenes son controlar la situación a toda costa, puesto que hasta que no ejerzamos un dominio total sobre La Española no estaremos en condiciones de emprender el asalto al Continente.

—«Asalto» es una palabra muy dura, y a mi modo de ver plagada de connotaciones negativas —sentenció Fray Bernardino—. Y me espanta mirar hacia delante e imaginar en qué puede convertirse lo que nació como una hermosa labor evangelizadora. Cada día llegan más y más hombres de armas y cada día menos pastores de almas.

Aquélla era una verdad tan evidente, que ni tan siquiera alguien tan proclive a la retórica como Ovando encontraba argumentos válidos con los que combatirla, e incluso a él mismo le preocupaba el hecho de que casi cada mes arribaran grandes naves cargadas de desesperados aventureros que creían ver en las tierras de aquella orilla del océano la solución a todos sus problemas.

El continuo flujo de nuevas bocas que alimentar, nuevos cuerpos a los que dar cobijo, y nuevos brazos a los que ofrecer un trabajo digno, comenzaba a proporcionarle innumerables quebraderos de cabeza, robándole demasiadas horas del día dado que su afán por centralizar el poder le obligaba a hacer frente a una infinidad de cuestiones absurdas que con frecuencia le exasperaban.

Sobraban capitanes, soldados, abogados, vagabundos, campesinos, comerciantes y prostitutas, a la par que faltaban médicos, artesanos, maestros de obras y arquitectos capaces de planificar una ciudad destinada a convertirse en capital de un imperio en ultramar.

—Me envían los desechos... —se quejaba con amargura—. ¡Basura!, cuando lo que tan magna empresa necesita es lo mejor de cuanto pueda dar España.

Y es que en buena lógica, lo mejor que en ese campo tenía España en aquella época, y que por desgracia no era gran cosa, prefería quedarse en Toledo, Sevilla o Barcelona, a lanzarse a una incierta aventura por tierra de salvajes.

En lo más íntimo de su ser el Gobernador Ovando echaba de menos a los intelectuales y artesanos judíos, y sin osar comentarlo ni aun con el fiel Fray Bernardino, a menudo se sorprendía a sí mismo calculando la cantidad de prodigios que conseguiría llevar a cabo si le permitieran rodearse de un puñado de los cientos de miles de judíos y moriscos que habían sido expulsados de la Península diez años antes.

En su opinión, aquélla era gente que sabía hacer bien las cosas, a la que gustaba el trabajo, sobria, eficaz y diametralmente opuesta a la pandilla de inútiles borrachines que infestaban las tabernas de Santo Domingo, y que no pensaban más que en fanfarronear sobre las fabulosas hazañas que llevarían a cabo en un futuro.

Fray Nicolás de Ovando tenía muy claro que el español era un pueblo que siempre estaba pensando en construir un fantástico futuro partiendo de un desastroso presente, y cada vez que se asomaba a la balconada del Alcázar para tomar conciencia del manicomio en que se había convertido aquel perdido rincón del paraíso, se echaba las manos a la cabeza y clamaba al cielo para que tuviera a bien enviarle a alguien que le ayudara a poner un poco de orden en semejante caos.

Le habían enviado a edificar los cimientos de un imperio con ayuda de hombres que tan sólo pensaban en destruir, y a levantar ciudades con quienes preferían quemarlas.

—Menos espadas y más paletas de albañil es lo que necesito —mascullaba—. Menos ballestas y más hoces; menos caballos enjaezados, y más mulas que tiren de los carros.

Lo decía, aunque en el fondo le constaba que para poder alzar allí una ciudad, alguien tenía que haber luchado antes espada en mano por dominar aquella tierra.

Y le constaba, también, que Santo Domingo era tan sólo el comienzo; la cabeza de puente; el punto de partida desde el que semejante cuerda de fantoches alborotadores se lanzarían a conquistar el Nuevo Mundo.

Y eso le aterrorizaba.

El Gobernador Fray Nicolás de Ovando, Caballero de la Orden de Alcántara, Doctor por las Universidades de Valladolid y Salamanca, hombre culto y prudente, pero cuyo principal defecto era un ciego racismo, ofrecía, no obstante, un curioso contraste en su compleja y desconcertante personalidad, puesto que pese a sentirse castellano hasta la médula y adorar a su patria, experimentaba un profundo desprecio y casi aborrecimiento por la mayoría de sus compatriotas.

Aunque a decir verdad, lo que Fray Nicolás de Ovando aborrecía, no era a su gente, sino la ignorancia en que se encontraba inmersa una sociedad recién salida de una guerra que había durado casi ocho siglos, y que se esforzaba por olvidar todo lo bueno que los invasores les habían proporcionado, sin molestarse por aportar nada a cambio.

No habían pasado más que diez años desde la conquista del último reino moro de Granada y la expulsión de los judíos, pero ya había quienes se empecinaban en negar toda evidencia de la incontestable influencia que sus culturas habían tenido en la sociedad española, alzando el execrable pendón de un cristianismo a ultranza, incluso en cuestiones que hubieran obligado a sonreír a no ser porque en ocasiones llegaba a convertirse en algo trágico.

Un simple gesto, una exclamación, e incluso el hecho de no escupir al pasar ante una antigua mezquita o una sinagoga, podía acarrear una grave acusación que acababa por conducir al más inocente ante las mismas gradas de un tribunal de la Santa Inquisición.

Fray Nicolás de Ovando se consideraba a sí mismo un buen cristiano con una sincera fe nacida de su profundo amor a Dios y no del miedo a su cólera, y tal vez era por ello por lo que se sentía tan íntimamente ligado a quien, como Fray Bernardino de Sigüenza, anteponía dicha fe a cualquier otra consideración política.

Pero aun así no podía olvidar que seguía siendo un político.

—Nuestro signo es la cruz —musitó por último—. Y si os fijáis advertiréis que toda cruz no es más que una espada que oculta su parte más afilada y agresiva. Utilicemos pues, la espada el tiempo que resulte imprescindible, para enterrarla luego y que pase a convertirse en un eterno símbolo de paz.

El mugriento franciscano se negaba a aceptar que la paz fuera un árbol que diese buenos frutos cuando hundía sus raíces en un charco de sangre, por lo que aún insistió en su intento de convencer a su antiguo condiscípulo de que olvidase a la Princesa Anacaona y a su diminuto e inofensivo «reino» de Xaraguá.

—Tened en cuenta —concluyó— que en muy determinadas circunstancias, un enemigo puede llegar a ser mucho más peligroso muerto que vivo.

Doña Mariana Montenegro tuvo un parto extremadamente difícil.

Primeriza pese a haber superado los treinta y cuatro años, su reciente enfermedad y las infinitas penalidades sufridas durante un embarazo cuya primera parte había transcurrido en las insanas y terroríficas mazmorras de la Santa Inquisición, complicaron aún más las cosas, y, por si fuera poco, a ello se unió el hecho de verse perseguida más tarde a través de las montañas y las selvas de una isla húmeda y caliente.

Tan sólo la «medicina» del viejo hechicero Yauco, y el infinito amor con que la cuidaron *Cienfuegos*, Araya y la Princesa Anacaona, que no la dejaron sola ni un instante, consiguieron que muy a duras penas saliera con bien de un durísimo trance que la dejó, no obstante, tan maltrecha y debilitada, que cuando al fin tuvo fuerzas para ponerse en pie, apenas era una sombra de la altiva y decidida mujer que siempre fuera.

Se sumió luego en una profunda atonía que Anacaona quiso atribuir a causas propias del parto, pero cuando la depresión se prolongó más allá de toda lógica, *Cienfuegos* comenzó a preocuparse seriamente.

Observar a aquella espléndida mujer, a la que recordaba llena de vida y entusiasmo, convertida en una criatura ausente, encorvada y macilenta, que apenas respondía con monosílabos a sus preguntas, le producía una angustia tal, que superaba en mucho sus días más amargos y los terribles sufrimientos que había padecido a todo lo largo de su muy agitada y azarosa existencia.

Era como si el destino continuara queriendo negarse

a permitirle disfrutar de una felicidad a la que creía tener derecho, y cansado de tenderle trampas de las que siempre había logrado escapar, le enfrentaba a una última prueba a la que jamás sabría hacer frente.

Nada existe en el mundo más complejo que los vericuetos de una mente humana, por lo que no es de extrañar que el astuto cabrero, tan sobrado por lo general de recursos, se sintiera absolutamente desarmado a la hora de intentar ahondar en los pensamientos de la mujer que amaba.

Por fortuna, el recién nacido crecía fuerte y saludable, vivo retrato de su padre pese a que hubiera sacado los inmensos ojos celestes de su madre, aunque quizás el hecho de que se supiese incapaz de amamantarlo, teniendo que recurrir a los servicios de una nodriza indígena, contribuyó en gran manera a que la hermosa alemana se considerase súbitamente envejecida y acabada.

De nada sirvió que *Flor de Oro* le señalase que tampoco ella se había sentido con fuerzas para criar al menor de sus hijos, puesto que observando a la atractiva Princesa de carnes prietas y tersa piel, nadie hubiese podido imaginar que ya era abuela, y que en algún momento de su vida había pasado por una situación semejante.

Y es que el caso de Anacaona era el opuesto al de *Doña Mariana.*

Considerablemente mayor que Ingrid, seguía teniendo, no obstante, un aspecto tan llamativo, que cualquier hombre normal hubiera perdido la cabeza por ella, y consciente de tal fascinación la utilizaba como arma para conservar un «trono» que hacía ya tiempo que amenazaba con aplastarle bajo su peso.

La Princesa era valiente, inteligente y agresiva, y quizá también era el único miembro de su raza que había sabido captar la auténtica personalidad de los altivos blancos que habían invadido su isla, y el único que se había empeñado en aprender su idioma y sus costumbres con el exclusivo fin de combatirlos.

Sabía que nada podía esperar de unos recién llegados cuya ambición no conocía límites, y aun odiándolos como los odiaba por el mal que causaban a su pueblo, en el fondo los admiraba y hasta cierto punto trataba de imitarles.

Aún amaba al valeroso y altivo Alonso de Ojeda casi tanto como aborrecía al Gobernador Ovando, pero al igual que despreciaba a cuantos se escandalizaban por sus senos desnudos, apreciaba a aquella comprensiva *Doña Mariana* que, desde el primer día, se había mostrado fiel amiga y consejera.

Por ello no dudaba en dejar ahora de lado la difícil tarea de gobernar un diminuto reino que se iba empequeñeciendo día tras día asfixiado por la presión de los agresores llegados del otro lado del mar, para intentar ayudar a quien se hundía de un modo harto evidente en un insondable abismo interior.

—¿Por qué? —inquiría *Cienfuegos* desasosegado—. ¿Por qué se comporta así cuando ya estamos a salvo?

—Quizá porque tuvo que ser demasiado fuerte durante demasiado tiempo —le señalaba la Princesa—. Y es precisamente ahora cuando esa entereza se ha venido abajo.

Pero la verdadera respuesta tal vez no la conocía ni aun la propia Ingrid, ya que durante los largos y solitarios paseos que solía dar por la playa se preguntaba a menudo la razón por la que aquella invencible abulia había caído sobre su ánimo impidiéndole ser feliz en compañía de quienes tanto amaba.

Lo más terrible de la depresión que asalta sin motivo aparente a ciertas personas, se centra en el hecho de que quien la sufre se siente absolutamente impotente para combatirla aun a sabiendas de que únicamente está en su mano hacerlo, pues llega a convertirse en una densa niebla que se espesa hasta el punto de distorsionar cualquier tipo de razonamiento válido.

El hermoso sueño tan largamente acariciado por la alemana: tener un hijo de *Cienfuegos*, se había cumplido, pero podía creerse que al dar a luz se había vaciado por completo de ilusiones, como si el terrible esfuerzo que significó concebirlo y traerlo al mundo la hubiese desangrado.

Vivía en un lugar paradisíaco, a unas tres leguas al norte del poblado indígena, en una amplia cabaña alzada junto a la desembocadura de un diminuto río de aguas cristalinas, rodeada de flores y palmeras; en una tierra que parecía bendita de los dioses y que invitaba a disfrutar en paz de lo mejor que el Supremo había sido capaz de imaginar en el momento de la Creación.

Y vivía con el hombre al que adoraba, el hijo que tanto había ansiado y dos criaturas, Araya y Haitiké, que permanecían siempre atentas a sus deseos, acompañada además por su fiel amigo Bonifacio Cabrera, que se iba reponiendo poco a poco de su amarga aventura en la selva.

¿Qué más podía desear?

Se repetía día y noche tal pregunta sin hallar nunca respuesta, y esa misma incapacidad de encontrar explicación razonable a su abatimiento agudizaba aún más el problema, transformándolo en una espiral que amenazaba con no alcanzar nunca su vértice.

Luchaba contra fantasmas que ni siquiera habían nacido en su memoria, que es donde con más frecuencia suelen nacer los fantasmas, sino que más bien parecían surgidos de la nada absoluta; del vacío interior que se apodera en ocasiones del ser humano cuando se siente injustamente culpable.

La terrible muerte del Capitán León de Luna, había significado sin duda un contrapeso muy negativo en un momento clave de su existencia, pues pese a lo mucho que su ex esposo le hubiera hecho padecer en los últimos años, nadie podía negar el hecho evidente de que era ella quien en realidad le había abandonado, y quien le había abocado al cúmulo de desgracias que acabaron desembocando en un final tan trágico.

Y quedaba por último una cuestión en apariencia intrascendente, pero que para una mujer tan sensible como *Doña Mariana Montenegro* llegaba a tener capital importancia: mientras resultaba evidente que la mazmorra, el embarazo y el parto la habían envejecido de forma harto cruel, su pareja, el cabrero *Cienfuegos*, al que llevaba más de ocho años de edad, amenazaba con convertirse en una especie de semidiós cuya sola presencia hacía que las más bellas muchachas perdieran la compostura.

Para las desenvueltas indígenas, acostumbradas a hombres de ojos oscuros y no más de metro sesenta de estatura, aquel gigante pelirrojo de ojos verdes constituía sin duda una especie de Apolo reencarnado, y pese a que Ingrid se sintiese segura de su fidelidad, el hecho de ver cómo lo acosaban a todas horas, contribuía a desquiciarla.

Y no es que se tratase de una simple cuestión de celos por culpa de una pléyade de chicuelas dispuestas a retozar sobre la arena y entre los matorrales; era la cruel constatación del hecho de que como mujer había iniciado una imparable decadencia, mientras su amante ni tan siquiera había alcanzado su total plenitud como hombre.

—Siempre lo tuve presente... —le confesó a Anacaona en una de las escasas ocasiones en que aceptó hablar sobre sí misma y sus problemas—. La diferencia de edad es algo que dormía en lo más profundo de mi mente como una amenaza que pugna por emerger, pero egoístamente me esforcé en rechazarla. Sin embargo, ahora ha florecido como una hedionda rosa negra y me resulta imposible ignorarla.

—Pero él te ama —musitó la Princesa—. Te ama más que a su propia vida.

—Lo sé —admitió la alemana—. Pero en ocasiones los sentimientos y la Naturaleza siguen caminos diferentes.

—No te entiendo.

—Sí que lo entiendes... —fue la firme respuesta—. Tienes la suficiente experiencia y eres lo bastante hermosa como para entenderlo. El amor que aún sientes por Alonso de Ojeda nada tiene que ver con las noches que pasas con los guerreros de tu guardia.

—Ojeda está lejos. Tú estás aquí.

—En cierto modo estoy tan lejos como el mismo Ojeda.

—¿Dónde?

—Lo ignoro —reconoció *Doña Mariana* con amargura—. Intento descubrir en qué lugar habita mi pensamiento cuando no está conmigo, pero no consigo averiguarlo.

—Los cristianos sois muy extraños.

Eludió responder que no era cuestión de religión, raza

o cultura, sino que se trataba de algo mucho más íntimo, puesto que tenía la sensación de haber corrido locamente tras un sueño, y al atraparlo descubría que se le escurría de nuevo entre las manos.

Su felicidad había durado apenas un instante: el que medió entre encontrar a *Cienfuegos*, y el día en que la encarcelaron, y a pesar de que ya estuviera libre, una áspera voz le gritaba en su interior que todo estaba a punto de terminar.

A menudo se sentaba en el porche, a ver cómo el gomero jugaba con los niños, o incluso se pasaba gran parte de la noche velando su sueño y admirando la soberbia belleza de una criatura que parecía recién salida del cincel de un escultor, y aunque se sabía dueña absoluta de aquel cuerpo, al igual que sabía que él estaba sediento de ofrecérselo, se sentía incapaz de disfrutarlo, como si el simple gesto de acariciarlo constituyese un sacrilegio o un pecado impropio de una mujer demasiado madura.

Le agradaba contemplarlo cuando la primera claridad del alba desvelaba cada uno de sus miembros como si los fuera despojando de un velo tras otro hasta dejarlo desnudo por completo, y se extasiaba entonces al recordar los lejanos días en que le hacía el amor junto a una laguna, aunque ni aun entonces osaba alargar la mano y rozar una piel y unos músculos que habían sabido transportarla al paraíso.

Y es que aquellos recuerdos se le antojaban tan hermosos porque en ellos veía su propio cuerpo, firme y brillante, vibrando mientras él la penetraba, y le dolía el alma al advertir que, cuando ahora la poseía, era ella la que ya no experimentaba lo mismo que en aquellos lejanos días, ni se entregaba de idéntica manera.

No era la misma su piel, ni sus carnes, ni sus muslos cuando sus piernas se enroscaban a su cintura; ni era semejante su ansia, ni el calor de su sexo, ni aun la intensidad y alegría de su orgasmo.

A menudo le asaltaba la sensación de estar ofreciendo pedruscos al precio al que antes ofreciera diamantes, y en cierto modo consideraba que estaba estafando a quien amaba.

Sus pechos ya no eran tan firmes como antaño, y en su rostro habían hecho su aparición profundos surcos, pero no era la flaccidez ni las arrugas lo que más le inquietaba, sino el antiguo ardor y el entusiasmo que por desgracia le faltaban.

Era tal el amor que sentía por *Cienfuegos*, que experimentaba la acuciante necesidad de ofrecerle lo mejor de este mundo, pero sabía muy bien que ya lo mejor no era ella misma. Era tal la necesidad que tenía de verlo disfrutar como lo hiciera en la laguna, que se odiaba por no ser capaz de entregarse como se entregaba años atrás, y tal vez eso contribuía a hundirla aún más en una invencible depresión que acabaría por destruirla.

Por su parte el canario se mostraba paciente y resignado, confiando en que algún día un cuerpo en el que él continuaba sin descubrir defecto alguno respondería con la misma intensidad que respondiera antaño a sus caricias, pese a lo cual algunas noches no podía evitar sentirse sutilmente rechazado, como si la dulce y profunda cueva en que hubiera deseado habitar para siempre, no fuese ya el único hogar que tuvo nunca.

Eterno vagabundo, su más preciado sueño fue volver a refugiarse en el seno de Ingrid para reencontrar el calor y la paz que tanto ansiaba, pero ese calor y esa paz ya no estaban allí para acogerle.

Ninguna otra mujer contaba para él, pues vivía enamorado del recuerdo de lo que fuera Ingrid tiempo atrás, y sabía por experiencia que nadie le proporcionaría nunca ni sombra de la dicha que ella le daba cuando se conocieron.

No alcanzaba a distinguir las arrugas en su rostro, flaccidez en sus pechos o una piel menos tersa, pues todo cuanto seguía viendo al contemplarla era un semblante inimitable y unos ojos que semejaban las aguas del Caribe entre los arrecifes de una isla desierta.

Decidió limitarse a esperar a que se recobrara mientras el *Milagro* regresaba de España, pues aunque ya hubiera transcurrido el plazo que Ovando les diera para abandonar la isla so pena de ahorcarlos, agradecía que el altivo navío no hubiera hecho aún su aparición, consciente de que no era aquél el momento de lanzarse a la aventura de fundar una colonia lejos de La Española.

Resultaba evidente que los hombres del Gobernador nunca los encontrarían en pleno corazón de Xaraguá, y por lo tanto aquél era un buen lugar para permanecer a la espera de que la alemana volviese a ser la decidida mujer que siempre fuera, pasando a convertirse de nuevo en una ayuda, en lugar de la rémora que significaba en su estado actual.

El viejo Yauco inventó un brebaje a base de hongos que parecía tener la virtud de ayudarle a reaccionar durante algunas horas, pero tanto el gomero como Bonifacio Cabrera eran de la opinión de que semejante tratamiento no podía resultar beneficioso a largo plazo.

—Vive drogada —se quejaba *Cienfuegos*—. Y llegará un momento en que no conseguirá sentirse bien sin recurrir a esa porquería.

—Dale tiempo.

—No es cuestión de tiempo, sino de voluntad, y temo que lo que Yauco le ofrece anula aún más su voluntad —fue la convencida respuesta del cabrero—. Tengo que obligarla a reaccionar, pero no se me ocurre cómo.

—Engáñala.

—¿Cómo has dicho?

—Que la engañes —replicó con naturalidad el renco—. Engáñala haciéndole creer que te estás acostando con otra. Tal vez la posibilidad de perderte la obligue a reaccionar.

—O tal vez la hunda definitivamente —le hizo notar el otro—. A menudo tengo la impresión de que eso es precisamente lo que está esperando: que le demuestre que ya no me interesa como antes. Y no es así.

—Extraña situación en la que dos seres no pueden ser felices porque se aman demasiado —sentenció Bonifacio Cabrera—. La vida debería ser mucho más lógica.

—No es culpa mía.

—Nadie te culpa. Pero tampoco puedes culparla. A veces, cuando estáis juntos, pareces su hijo, y ella lo nota.

—¿Qué puedo hacer para evitarlo?

—Supongo que nada.

Pero el canario sí que lo hizo, puesto que al día siguiente, en el momento en que penetró en la cabaña y sorprendió a Ingrid mirándose en el pequeño espejo de plata que siempre llevaba consigo, se lo arrancó de la mano y lo arrojó por la ventana directamente al mar.

—¡Deja ya de buscarte arrugas y canas! —exclamó fuera de sí—. Deja de mirarte en el espejo. El único espejo que debe contar para ti soy yo, y lo que en verdad importa es cómo yo te veo.

—¿Y cómo voy a saber cómo me ves, si no tengo espejo? Es el único que me dice la verdad.

—¿La verdad? —se sorprendió el gomero—. ¿Qué verdad? La verdad de un pedazo de metal pulido que nada entiende de sentimientos, o la verdad de lo que tú quieres ver en él?

—La única verdad que no existe, pues sabido es que los espejos no mienten.

—¿Quién asegura semejante tontería? —inquirió *Cienfuegos*, sorprendido—. En los espejos la derecha se refleja a la izquierda y la izquierda a la derecha. Ésa es ya su primera mentira.

—¿Y la segunda?

—Pretender que una imagen plana representa a un ser humano —sentenció—. Puede que te muestre tus arrugas y tus canas, pero no sabe que cada una de esas arrugas tiene una razón de ser, y cada una de esas canas te ha salido por mi culpa. —Hizo una pausa en la que alargó la mano y le acarició con infinita ternura la mejilla—. Pero yo sí lo sé, para mí esas arrugas y esas canas lo significan todo, y te quiero más que cuando no las tenías. Antes no eras más que una muchacha muy hermosa; ahora eres la mujer a la que amo sobre todas las cosas.

—*¡Pico de oro!* —sonrió ella—. ¡Y pensar que cuando me enamoré de ti ni siquiera te entendía...!

—Si decir lo que se siente es tener «pico de oro», me alegra que así sea. —El gomero tomó asiento frente a ella y la miró a lo más profundo de sus inmensos ojos—. Hay algo que debes tener siempre presente —añadió—. El hecho de que nos amáramos desde el primer momento, ha causado mucho dolor y muchas muertes. No debes permitir que todo ese sufrimiento y todas esas vidas humanas se pierdan sin motivo.

—No sé si entiendo bien lo que pretendes decirme.

—Pues creo que está muy claro. Si el día que nos conocimos en aquella laguna no nos hubiéramos entregado el uno al otro como lo hicimos, yo ahora estaría cuidando cabras en La Gomera, y tú seguirías siendo la rica y respetada Vizcondesa de Teguise. Me habría ahorrado diez años de penalidades por tierras desconocidas, y tu marido y cuatro o cinco desgraciados más, a los que tuve que matar, seguirían con vida. —Le cogió las manos y le besó las palmas con infinito amor para añadir con un susurro—: Menospreciar todo eso por el simple hecho de que ya no te sientes tan joven como entonces, se me antoja una crueldad impropia de alguien tan sensible como tú.

Lo que no habían conseguido los brebajes de Yauco, ni los consejos de Anacaona o Bonifacio Cabrera, lo consiguieron en cierto modo las palabras del isleño, puesto que la alemana pareció reaccionar, esforzándose por volver a ser la maravillosa criatura que siempre había sido.

Le rogó a Haitiké, que nadaba y buceaba como un pez, que recuperara el perdido espejo, pero ahora procuró no buscar en él nuevas canas y arrugas, sino que lo utilizó para acicalarse y aparecer lo más hermosa posible a los ojos del hombre que tanto amor le demostraba.

Fue por aquel entonces cuando recibieron la inquietante noticia de que el Gobernador Ovando acudía en «visita de buena, voluntad», acompañado por un nutrido séquito.

—¿Por qué? —se apresuró a inquirir *Cienfuegos*—. ¿Por qué alguien que tiene infinitos problemas que solucionar en Santo Domingo decide emprender de pronto un viaje tan largo y tan incómodo?

—Tal vez traiga la respuesta de mi carta a la Reina —aventuró Anacaona.

—España está muy lejos —le hizo notar el gomero—. Esa carta no ha tenido tiempo de ir y volver, teniendo en cuenta con cuánta parsimonia se toman las cosas en la Corte.

—Puede que lo único que desee sea conocerme —insinuó no sin cierta maliciosa intención la Princesa—. Al fin y al cabo es un hombre.

—No de ese tipo de hombres... —fue la desabrida respuesta—. Fray Nicolás de Ovando es ante todo Gobernador, luego religioso y, si le queda algo, el ser humano más frío que he conocido. ¡Desconfiad de él!

—¡Querido amigo...! —le hizo notar la Princesa sonriendo ladinamente—. Aprendí a desconfiar de los españoles el día que Alonso de Ojeda invitó a montar en su caballo a Canoabó y lo raptó ante las narices de sus guerreros. —Echó hacia atrás su espesa melena de color azabache y contempló el techo como si recordara momentos clave de su vida—. Y conocí muy bien, ¡demasiado bien!, a Bartolomé Colón, que es el hombre más falso que haya pisado jamás esta isla. Y a Francisco Roldán. Y a tantos otros cuyas traiciones y canalladas tardaría semanas en referir. ¡Quedad tranquilo! —concluyó—. Ovando nada podrá contra mí en pleno corazón de Xaraguá. Le brindaré la más fastuosa recepción que haya visto nunca, pero no me dejaré sorprender, tenedlo por seguro.

Al canario le hubiera gustado compartir la confianza de la altiva *Flor de Oro*, pero la experiencia le había enseñado que los hombres como Fray Nicolás de Ovando no solían dar pasos inútiles, sobre todo si esos pasos les obligaban a trasladarse al otro lado de una isla húmeda y tórrida para enfrentarse a un ejército de imprevisibles salvajes desnudos.

Por tanto, decidió tomar sus propias precauciones, trasladando a una escondida cala de la vecina isla de Gonave un buen número de provisiones y todo cuanto pudieran necesitar, en caso de que las cosas se pusieran difíciles.

—Ovando aseguró que nos ahorcaría si nos encontraba en La Española, pero no dijo nada de Gonave, pese a que esté a la vista de la costa —le comentó a Bonifacio Cabrera—. Supongo que incluso desconoce su existencia.

—Ovando te ahorcará dondequiera que estés si le apetece —le señaló su amigo con naturalidad—. Y no lo hará aunque te encuentre en el prostíbulo de Leonor Banderas si no está de humor para ejecuciones. Es lo bueno que tiene ser Gobernador; puede hacer lo que le venga en gana sin rendir cuentas a nadie.

Aquello era muy cierto y el gomero lo sabía. La Corona había establecido unas normas según las cuales lo único que importaba era lo que a la Corona le convenía, y sus «súbditos» no tenían más opción que aceptar sus decisiones por injustas que parecieran. Y como Ovando representaba a la Corona al oeste del «Océnano Tenebroso», sus órdenes o sus caprichos era una ley contra la que nadie osaría nunca rebelarse.

Gonave no era, por tanto, un lugar absolutamente seguro, pero sí constituía en aquellos momentos una isla lo suficiente agreste como para que ni todo el ejército del Gobernador pudiese dar con un puñado de fugitivos si éstos sabían cómo impedirlo.

Y era también un punto desde el que se avistaba cualquier nave que llegara de mar abierto, incluido el *Milagro* que tanto tiempo llevaban esperando, y a cuyo encuentro se podía salir fácilmente con una simple canoa.

Una vez satisfecho con respecto a la seguridad de su familia, *Cienfuegos* hizo lo que mejor sabía hacer: esperar.

Estableció su campamento en un cerro que dominaba desde el Nordeste el poblado indígena, para asistir dos días más tarde a la llegada del Gobernador y su tropa, quienes por lo visto habían hecho parte del viaje en barco y parte a pie, dejando las naves fondeadas en la costa sur de la isla, para alcanzar más tarde la «capital» de Xaraguá en una corta jornada de cómodo paseo.

Debió ser el propio Ovando —cuya aversión al mar era sobradamente conocida y muy propia de un religioso castellano de su época— quien llegara a la conclusión de que su entrada en el último «Reino Independiente» de La Española sería mucho más espectacular a lomos de un caballo lujosamente enjaezado y rodeado de valientes capitanes, que si lo hacía desembarcando en una frágil chalupa, verde por el mareo y destrozado por una desagradable travesía, para tambalearse como un borracho al poner pie en tierra.

Fue con redoble de tambores y relinchos de briosos corceles como hizo su aparición la comitiva por el sendero de la playa, y lo primero que advirtió el gomero fue el hecho de que la mayoría de quienes la componían eran hombres de armas, sin más presencia religiosa que la de Fray Bernardino de Sigüenza, ni más personal civil que un escribano.

—Extraño séquito éste, en el que no está presente ninguno de los cuarenta ciudadanos más notables de Santo Domingo —musitó para sus adentros—. Más parece expedición de castigo, que visita de buena voluntad.

Hubiese deseado advertirle una vez más a la Princesa que desconfiase de las intenciones de los recién llegados, pero al observar cómo de entre el palmeral que bordeaba la playa surgían de improviso docenas de impasibles guerreros, que se alineaban marcialmente, se sintió más tranquilo.

El fasto con que la Princesa *Flor de Oro* recibió al Gobernador no desmereció en absoluto del que éste desplegaba, pues una veintena de preciosas muchachas apenas cubiertas con faldas de hojas transportaban a hombros un inmenso trono en el que se reclinaba la aún hermosísima Reina de Xaraguá, cuyos agresivos pezones parecían desafiar las leyes de la gravedad apuntando hacia la única nube que cruzaba el cielo.

Las flautas indígenas entraron pronto a rivalizar con los tambores españoles, y desde su privilegiado observatorio el isleño tuvo la sensación de que en lugar de dos pueblos que se reunían en son de paz se trataba de dos altivos pavos reales que exhibían su colorido plumaje en un inútil intento de deslumbrar a su adversario.

El encuentro entre Ovando y Anacaona fue tenso, pues se diría que ambos mandatarios estaban aguardando a que fuera el otro el que hiciera el primer gesto de acatamiento y pleitesía, pero como ni el primero descendió de su montura, ni la segunda de su trono, acabó por plantearse una embarazosa situación que podría haber llegado a hacerse eterna, de no ser por el hecho de que de improviso el caballo del Gobernador comenzó a caracolear nerviosamente por culpa del fiero ocelote que descansaba a los pies de *Flor de Oro* a modo de gran gato amaestrado.

Al poco la mayoría de los notables de ambos bandos desaparecieron en el interior de la mayor de las cabañas, y la vista de *Cienfuegos* fue a recaer en la escuálida figura de Fray Bernardino de Sigüenza, al que todos parecían haber olvidado, y que se limitó a alejarse por la orilla de la playa, para ir a tomar asiento sobre un tronco caído y comenzar a musitar por lo bajo mientras pasaba las cuentas de su rosario observando cómo el sol se iba inclinando mansamente sobre un mar que semejaba una balsa de aceite.

Fue entonces cuando al gomero se le ocurrió la gran idea.

La fue madurando mientras el cielo se cubría de las rojizas tonalidades de los fastuosos ocasos de Xaraguá, y había trazado ya un sencillo plan en todos sus detalles cuando con las primeras sombras de la noche el maloliente franciscano regresó lentamente al poblado e inquirió cuál habría de ser su alojamiento.

Cerrada ya la noche, el cabrero acudió en busca de Bonifacio Cabrera para exponerle su idea.

—¡Muy propia de ti! —se apresuró a señalar el renco sin poder evitar una divertida sonrisa—. ¿Es que nunca dejarás de darle vueltas a esa maldita cabeza?

—Supongo que no. ¿Me ayudarás?

—Naturalmente.

Fue así como al alba del día siguiente, Bonifacio Cabrera penetró en la choza que le habían asignado al frailuco, y, despertándolo con suavidad, le espetó en cuanto abrió los ojos:

—Os ruego que me acompañéis, padre. Un cristiano en peligro de muerte precisa que le administréis los sacramentos.

Como era de esperar, el hombrecillo no se hizo rogar, apresurándose a seguir al cojo por un escondido sendero de la floresta, hasta que al cabo de poco más de media hora de camino fue a toparse con su viejo conocido, el canario *Cienfuegos*.

—¡Dios me asista! —exclamó horrorizado—. ¿Vos de nuevo?

—Así es, padre —admitió el gomero sonriente—. Y me alegra veros.

—¡Pues a mí, no! —masculló el otro, furioso—. Sois la última persona de este mundo con quien quisiera tener tratos.

—Jamás imaginé que alguien como vos pudiera ser rencoroso —fue la divertida respuesta—. Al fin y al cabo no hice nada censurable.

—¿Os parece poco censurable burlaros del Sacramento de la Confesión? —se indignó el fraile—. Lo utilizasteis en vuestro provecho y no fue para eso para lo que fue instituido.

—Lo imagino, y os pido perdón por ello. —Resultaba evidente que *Cienfuegos* se esforzaba por congraciarse con un personaje que le resultaba extremadamente simpático, pese a que el hedor que despedía obligaba a mantenerse a prudente distancia de sus sobacos—. Os ruego que lo olvidéis porque en verdad necesito vuestra ayuda.

—No estoy aquí para ayudaros, sino para administrar la extremaunción a un moribundo —masculló el franciscano—. Así que llevadme junto a él.

—¡Perdón! —le interrumpió Bonifacio Cabrera alzando el dedo en un ademán ciertamente cómico—. Yo no os hablé de «un moribundo», sino de alguien que se encuentra en peligro de muerte.

—¿Acaso no es lo mismo? —se amoscó Fray Bernardino.

—¡En absoluto! —le hizo ver *Cienfuegos*—. Estoy en peligro de muerte, puesto que si vuestro amigo Ovando me encuentra me ahorca, pero no soy en absoluto un moribundo.

—¡De modo que se trata de otra de vuestras malditas tretas. —El frailuco parecía a punto de echar espumarajos de rabia por la boca y se sorbía los mocos con tanta fruición que se diría que estaban a punto de ahogarle—. ¿A qué viene entonces eso de administraros los Sacramentos? ¿A qué clase de Sacaramentos os referís?

—A todos —fue la sencilla respuesta.

—¿A todos? —se asombró el otro.

—Exactamente. Quiero que me bauticéis, me confeséis, me administréis la primera comunión y la confirmación, y, por último, me caséis con vuestra ex prisionera *Doña Mariana Montenegro*. Y ya puestos, y como habéis venido a eso, os autorizo a que me deis también la extremaunción por si me agarran y me ahorcan.

—¡San Judas Bendito!

—¡No empecéis con las jaculatorias o no acabaremos nunca!

—Sois un maldito descarado. ¿Así que no estáis bautizado?

—Una vez me bauticé yo mismo, pero no creo que pueda considerarse válido. ¿O sí?

—No sabría qué deciros. Supongo que depende de las circunstancias. —El religioso parecía haber recuperado en parte el dominio de sí mismo ante la posibilidad de atraer a aquel estrambótico gigante pelirrojo, al que en el fondo admiraba, al rebaño del Señor—. Lo que ahora importa es que el día en que acudisteis a mí pidiendo confesión aún no erais cristiano y no me lo advertisteis.

—¿Acaso resulta imprescindible? —quiso saber el canario—. ¿Os negaríais a confesar a un pagano si viniese a pedíroslo?

—Primero tendría que bautizarle. Si no pertenece a la Fe de Cristo no puede lógicamente beneficiarse de cuanto ésta ofrece.

—Es posible —aceptó el otro—. Pero aquello es agua pasada y poco importa ahora que no tengáis que acogeros al secreto de confesión. Ovando me ahorcaría por el simple hecho de desobedecerle. —Le miró a los ojos—. ¿Haréis lo que os pido? —quiso saber.

—Tengo que pensármelo.

—Os advierto que si aceptáis, no sólo me bautizaréis a mí, sino también a mis hijos. Y por si fuera poco, salvaríais a *Doña Mariana Montenegro* que vive en pecado y aspira a santificar nuestra unión. ¿Os arriesgaríais a perder cuatro almas por rencor hacia mí?

—¡Continuáis siendo un maldito enredador! —masculló furibundo el de Sigüenza—. Y a fe que jamás me topé con mente tan endemoniada y retorcida. ¿Dónde están vuestros hijos?

—A una hora de camino, más o menos.

—Llevadme ante ellos. Pero os juro que como me hagáis otra faena, apenas os bautice os excomulgo.

Emprendieron la marcha, el cabrero y su amigo Bonifacio Cabrera sonriendo abiertamente y el religioso aún mascullando entre dientes su indignación, pero ésta alcanzó su máxima cota cuando, al cabo de un rato, *Cienfuegos* se detuvo al borde de un riachuelo, y sacando de sus alforjas una gruesa pastilla de áspero jabón, le espetó sin el más mínimo respeto:

—Y ahora bañaos.

—¿Cómo decís? —se indignó el de Sigüenza, temiendo haber oído mal.

—Que si queréis continuar con vuestra misión de salvar almas, tenéis que quitaros de encima toda la mugre y el mal olor que lleváis en el cuerpo. ¿O es que acaso nadie os ha dicho que apestáis a veinte pasos?

—Bañarse en exceso incita al pecado.

—Y demasiado poco a la penitencia. Si imagináis que ése es el «olor de Santidad» de que tanto se habla, creo que estáis en un error. Lo vuestro es cuestión de ajo y pies sudados.

—¡Ofendéis mi dignidad!

—Y vos mi olfato. Y lo de la dignidad no sé cómo solucionarlo, pero lo de mi olfato se arregla con jabón, así que manos a la obra.

—¡Ni hablar!

—Os comunico que saldréis de aquí más limpio que una patena aunque nos lleve todo el día, así que no me obliguéis a desnudaros.

—¡No os creo capaz!

—¿Ah, no? —se sorprendió el cabrero—. ¡Caray, padre, creí que me conocíais! ¡Vamos pues!

Lo alzó como si se tratara de un fardo, se lo colocó bajo el brazo, y se introdujo en el agua con la pastilla de jabón en la otra mano dispuesto a quitarle de encima una costra de mugre de un par de milímetros de espesor.

—¡Soltadme! —gritaba histéricamente su víctima, presa de un ataque de ira que parecía a punto de degenerar en apoplejía—. ¡Soltadme he dicho!

Pero *Cienfuegos* hizo oídos sordos hasta que llegaron al centro del río, lo colocó de pie de modo que el agua le llegaba al pecho, y con un rápido gesto rasgó la putrefacta sotana que le arrancó a pedazos permitiendo que la corriente se la llevara.

—¡San Juan Bautista! —casi sollozó el franciscano—. ¿Qué voy a ponerme ahora?

—Tendréis ropa limpia cuando estéis limpio —le prometió su verdugo—. Pero si lo preferís, podéis regresar en pelotas.

Podría decirse que la sensación de saberse desnudo vencía toda resistencia por parte de Fray Bernardino de Sigüenza, pues sin decir una palabra más tomó la pastilla de jabón y comenzó a restregarse furiosamente.

Fue todo un espectáculo observar cómo su cuerpo iba cambiando de color mientras las transparentes aguas se enturbiaban, y resultó evidente que puesto a hacer las cosas el frailuco decidió hacerlas bien, tal vez abrigando la intención de que aquél se convirtiera en su último baño de la década, ya que probablemente se trataba del primero que tomaba en lo que iba de siglo.

Salió del río cubriéndose las vergüenzas con las manos, escuálido, arrugado, blanco y tiritando, y en verdad que provocaba risa y pena al propio tiempo, pues resultaría muy difícil encontrar un ser humano de apariencia más desvalida por mucho que se buscara.

Satisfecho, *Cienfuegos* abrió de nuevo su mochila y le tendió una impoluta túnica blanca que el otro contempló horrorizado.

—¿Blanco? —exclamó como si acabara de ver al mismísimo demonio—. ¿Acaso pretendéis que me vista de blanco?

—¿Qué tiene de malo el blanco?

—Que pareceré un dominico.

—¡Oh, vamos, padre! Más vale dominico limpio que frasciscano mugriento. No creo que Dios se fije en los hábitos, sino en las conciencias, y me consta que la vuestra está tan limpia como vuestro cuerpo.

Una hora después llegaban a la cabaña, y a *Doña Mariana* le costó un gran esfuerzo reconocer en el reluciente hombrecillo que bailaba en el interior de una túnica demasiado holgada, al temible inquisidor que con tanta insistencia la interrogara en las mazmorras de la fortaleza de Santo Domingo.

—¿En verdad sois Vos? —inquirió sin querer dar crédito a sus ojos—. ¿El mismo Fray Bernardino de Sigüenza...?

—Lo que queda de él y lo poco que durará —se lamentó el otro—. Esta bestia me ha hecho coger un resfriado del que no creo que salga con bien en semejante tierra de paganos.

Como para corroborar sus palabras soltó un sonoro estornudo que le obligó a moquear más que de costumbre, y tras pasarse repetidamente el dedo por la nariz, añadió cambiando el tono de voz:

—Si queréis que os diga la verdad, me alegra estar aquí aun a pesar del baño. Es una gran cosa veros libre y rodeada de los vuestros.

—¿Acaso ya no tenéis interés en quemarme por bruja? —inquirió con intención la alemana.

—Nunca la tuve y lo sabéis. Aquél fue el peor de los encargos que he recibido nunca, y mi auténtica personalidad es la de ahora, pese a este hábito de dominico. —Sonrió levemente—. No nací para inquisidor, tenerlo por seguro.

—Lo sé, pero lo que no entiendo es qué diablos hacéis en el séquito del Gobernador.

—Soy uno de sus consejeros.

—¿Vos? —intervino el gomero sorprendido—. No tenía ni la menor idea. ¿Y qué clase de consejos le dais?

—Aquellos que me dicta mi buen entender y mi conciencia —replicó el otro, amoscado—. Pero no creo que sea ese negocio el que os ataña. Lo que importa es solucionar cuanto antes lo que he venido a hacer aquí. Empecemos por los bautizos y dejemos la boda para lo último.

—¿Boda? —se sorprendió *Doña Mariana Montenegro*—. ¿A qué boda os referís?

—A la nuestra, naturalmente —señaló *Cienfuegos*, un tanto desconcertado por el tono de la pregunta.

—¿La nuestra...? —repitió ella de igual modo—. Que yo sepa no hemos hablado para nada de boda.

—Quizá no —admitió el gomero—. Pero tenemos un hijo, nos queremos, tú eres viuda, y yo soltero. Lo lógico es que nos casemos. ¿O no?

—Ya una vez estuve casada —puntualizó Ingrid con acritud—, y no fui una buena esposa. ¿Por qué he de correr el riesgo de cometer el mismo error, si estamos bien como estamos?

—No estamos bien y lo sabes —protestó nervioso *Cienfuegos*, que comenzaba a darse cuenta de cuáles eran las intenciones de la alemana—. Vivimos en pecado.

—¿De qué pecado hablas, si tú ni siquiera eres católico? —fue la áspera respuesta—. ¿Y desde cuándo te preocupa semejante problema?

—Desde ahora. Dentro de un rato me bautizarán, y supongo que a partir de ese momento seré católico y no deseo vivir en pecado. —Hizo una corta pausa, esforzándose por calmarse, e indicando con un ademán a Fray Bernardino, que asistía a la escena un tanto incómodo, añadió—: Toda tu vida has deseado que nos casáramos y ahora tenemos quien puede celebrar la ceremonia sin impedimentos. ¿A qué diablos viene semejante cambio de actitud?

—A que no me parece una buena idea.

—¿Y te parece buena idea que nuestro hijo sea bastardo?

—No, desde luego —admitió Ingrid, visiblemente afectada—. No quiero que mi hijo sea un bastardo, pero no por evitarlo debemos hacer algo que no deseamos hacer.

—Yo deseo hacerlo —puntualizó él—. Es lo que más deseo en este mundo. Lo que deseé siempre. ¿Por qué tú no?

—¡Oh, vamos! —casi sollozó *Doña Mariana*—. ¡Lo sabes muy bien!

—No. No lo sé. —El cabrero se mostraba seco y firme—. ¡Explícamelo tú!

—Parezco tu madre... —señaló ella por último.

—¿Y te consideras superior a mí por eso?

—¡Qué estupidez! Es que más que una boda, parecería una adopción.

—Es la cosa más desagradable que me has dicho nunca —sentenció el isleño—. Medir el amor por la diferencia de edad, es tanto como medir la inteligencia por la diferencia de estatura.

—Estoy de acuerdo —intervino Fray Bernardino—. Y se trata de una idiotez indigna de una mujer inteligente, hija. Allá en «La Fortaleza» parecías más lista.

—No se meta en esto, padre —le atajó la alemana—. No sabe de qué va la cosa.

—Sí que lo sé —fue la sincera respuesta—. Va de años... Y lo que es años tengo más que los dos juntos. —Observó a su ex-cautiva con afecto al tiempo que le tomaba una mano y se la apretaba como para infundirle ánimos—. Entiendo lo que te ocurre —añadió—. Está claro que él es más joven, y que has pasado momentos terribles que te han marcado profundamente. Pero se trata de algo pasajero, y lo que está claro es que este hombre te ama más que a nada. Ha arriesgado su vida por ti infinidad de veces, y estoy convencido de que no imagina el futuro sin estar a tu lado. ¡Olvida todos esos prejuicios impropios de una mujer como tú, y cásate con él!

—¿Y qué pasará cuando yo sea una anciana y él siga tan atractivo como ahora?

—Que serás una anciana, lo cual siempre será mucho mejor que ser un cadáver. —El franciscano se sorbió los mocos, pues ésa era una costumbre que el baño no le había hecho perder, y añadió—: Aún no entiendo por qué extraña razón a las mujeres os preocupa mucho más lo que ocurrirá en el futuro, que lo que ocurre en el presente. Creo que en eso estriba vuestra incapacidad de hacer algo constructivo. Si tuvierais que levantar una catedral estaríais pensando más en lo que ocurrirá el día en que se caiga, que en los siglos que va a mantenerse en pie. —Le apretó de nuevo la mano—. Respóndeme a una pregunta con toda sinceridad —suplicó—. ¿Amas o no amas a este hombre?

—¡Naturalmente!

—¿Y tú amas o no amas a esta mujer? —inquirió volviéndose al gomero.

—Más que a mi vida.

—En ese caso, yo os declaro marido y mujer —sentenció el fraile trazando sobre ellos la señal de la cruz—. Ya está hecho, y no hay más que hablar.

—¡Pero cómo...! —se asombró *Doña Mariana*—. ¿Pretendéis hacerme creer que nos habéis casado?

El de Sigüenza asintió con un convencido gesto de cabeza:

—Hasta que la muerte os separe.

—¡No es posible! —protestó ella—. ¿Así sin más?

—Si quieres te rezo un Padrenuestro, pero no es imprescindible. En caso de peligro de muerte se puede abreviar mucho la ceremonia.

—¿Y quién está en peligro de muerte?

—Vosotros. Si Ovando os atrapa, os ahorca.

—A mí todo esto se me antoja muy irregular —insistió *Doña Mariana*, que no parecía conformarse con el modo en que se había llevado a cabo la pintoresca ceremonia—. ¿Estáis seguro de que esta boda es válida?

—Para mí, sí. Y para tu marido, también. Y como somos dos de tres, la cosa no tiene vuelta de hoja.

—Os estáis burlando de mí.

—En absoluto, hija, en absoluto —fue la serena respuesta—. Si un obispo puede anular un matrimonio con cinco hijos, un simple fraile puede legalizar otro sin grandes aspavientos. De hecho, en ocasiones casamos una docena de parejas a la vez y sin preguntar sus nombres.

Ingrid Grass no quedó del todo satisfecha por semejante explicación, pero resultaba evidente que tampoco deseaba que la convencieran, pues pese a cuanto alegara en contra de semejante boda, lo que más íntimamente ansiaba en realidad era unirse al hombre al que había dedicado la mayor parte de su vida.

Las parejas muy enamoradas desean envejecer juntas, pero con frecuencia odian la idea de advertir cómo su pareja va envejeciendo, pues suele resultar mucho más fácil aceptar el propio deterioro físico, que el de aquel a quien se ama.

A menudo, esas personas odian su propio envejecimiento únicamente por el hecho de que son conscientes de que eso causa dolor al otro, ya que comprenden que éste experimenta los mismos sentimientos que a él le hieren.

Y es que la vejez es un estado de ánimo que puede resultar soportable o insoportable, según los casos, pero lo que sí resulta en verdad difícil de sobrellevar es el largo tránsito que desemboca en la senectud.

Doña Mariana Montenegro estaba a punto de cumplir los treinta y cinco años en una época en la que la esperanza de vida de una mujer apenas superaba el medio siglo, y había sufrido tantas calamidades que inconscientemente se consideraba ya en la recta final de su vida pese a que acabara de dar a luz un hijo.

O quizás había sido la propia llegada de ese hijo tan largamente esperado lo que contribuía a hacerle suponer que su ciclo vital había concluido.

Fuera como fuese, resultaba muy difícil conseguir que se desprendiera de semejante lastre, y aunque hubiera momentos en los que un ligero soplo de ilusión le devolviese a los tiempos felices, en lo más profundo de su ser anidaban ya una resignación y una amargura que habrían de acompañarle hasta la tumba.

Cienfuegos lo entendía, pero por su parte nada podía hacer por dejar de ser un hércules a punto ya de alcanzar su total plenitud como ser humano fuera de serie.

Por tanto, aquélla era una boda descompensada e irregular, pero que, en contra de lo que pudiera parecer, satisfacía más al hombre que a la mujer, pues pese a lo que cualquier observador imparcial imaginase, el amor que el cabrero sentía por la alemana seguía siendo tan sincero que superaba cualquier barrera que los años pretendiera alzar entre ellos.

Se sintió profundamente feliz al ser bautizado, y hubiera continuado igualmente feliz a no ser por el hecho de que de improviso un muchachito indígena trajo la infausta noticia de que Ovando y sus hombres se habían apoderado de la Princesa Anacaona.

—¿Cómo ha sido? —quiso saber de inmediato el gomero.

—Hubo una gran fiesta; *Flor de Oro* compuso sus más bellos poemas y cantó hasta muy entrada la noche. Los españoles parecían muy tranquilos y contentos, pero a un gesto de Ovando prendieron fuego a la gran cabaña y sacando unos puñales que llevaban ocultos comenzaron a matar a la mayoría de los desarmados guerreros al tiempo que ocho o diez se lanzaban sobre la Princesa y la cargaban de cadenas.

—¡Se lo dije! —se lamentó *Cienfuegos* mordiendo con rabia las palabras—. ¡Se lo advertí mil veces! Nunca debió fiarse de esos malditos españoles.

—Tú también eres español —le recordó Fray Bernardino, que parecía tan impresionado o más que él mismo.

—Ya no me siento español —masculló el cabrero con rencor—. Canario, gomero o guanche, ¡cualquier cosa!, menos parte de un pueblo capaz de traicionar a una mujer que los recibe como amigos.

—Tenemos que ayudarle —intervino Ingrid—. Tenemos que hacer cuanto esté en nuestra mano por convencer a Ovando de que está cometiendo un error. Ella tan sólo quiere la paz.

—¡Olvídalo! —puntualizó el fraile con amargura—. Ya intenté disuadirle pero resultó inútil. Mucho más lo será ahora que ha hecho el viaje y ha conseguido apresarla. La ahorcará.

—¡No será capaz!

—Ovando es capaz de todo —sentenció el franciscano, apesadumbrado—. Para él no cuenta más que lo que beneficia a la Corona, y ahora imagina que la Corona quiere a Anacaona muerta.

—¡Pero eso es absurdo! —protestó la alemana—. ¿Qué daño puede hacer con sus escasas fuerzas?

—Ninguno que yo sepa —admitió el fraile—. Pero los gobernantes no piensan como el resto de los mortales. A la mayoría de los seres humanos les gusta compartir la vida con otros seres humanos, pero los gobernantes odian compartir el poder. Siempre ven una amenaza en todo.

—Lo dice como si un gobernante no fuera un ser humano.

—Es que con demasiada frecuencia dejan de serlo. La autoridad les incita a considerarse superiores, sin caer en la cuenta de que ese simple error los vuelve inferiores, puesto que distorsionan la visión de las cosas.

—Pero ahorcan a sus enemigos —medió *Cienfuegos* cortando su disertación—. Me importa poco lo que piense o deje de pensar Ovando —añadió—. Lo que ahora importa es que al apoderarse de *Flor de Oro* se ha adueñado de Xaraguá, y aquí corremos peligro.

—¿No pensarás huir? —se sorprendió Ingrid.

—No, desde luego. Pero mi principal preocupación es ponerte a salvo. Después iré a ver qué puedo hacer por la Princesa.

—No podrás hacer nada, hijo —le advirtió de nuevo el de Sigüenza—. El Gobernador ha cometido un error al apresarla, pero no puede permitirse el lujo de cometer uno aún mayor al consentir que se le escape.

—¿Y cree que estoy dispuesto a dejar morir a alguien que ha hecho tanto por nosotros? —se sorprendió el gomero.

—No, desde luego. Conociéndote como te conozco, no lo creo, pero la única esperanza de la Princesa se centra en la posibilidad de que yo interceda ante el Gobernador para que no la ejecute, limitándose a enviarla a España.

—Para Anacaona el cautiverio sería aún peor que la muerte —musitó apenas *Doña Mariana.*

—Siempre hay una posibilidad de regresar del cautiverio, hija, mientras que, ya se sabe, la muerte resulta irremediable. Ruega a Dios para que encuentre argumentos con los que salvarla de la horca.

—Si Dios no ha sido capaz de echarle una mano a tantos cristianos como he visto en apuros, menos lo hará por una pagana —masculló el cabrero—. Su intención es de agradecer, padre, pero temo que si no se la arrancamos por la fuerza, Ovando no le permitirá seguir viviendo.

—¿Y cómo piensas hacerlo? —inquirió el religioso en un tono levemente despectivo—. ¿Enfrentándote solo a los soldados del Gobernador, o poniéndote al frente de los guerreros de Xaraguá en contra de tus compatriotas?

—Ya le he dicho que quienes traicionan mujeres no son mis compatriotas.

—Tu gente es tu gente, comoquiera que te pongas, hijo —sentenció el franciscano—. No niego que en momentos como éste incluso a mí me dan ganas de renegar de mi sangre, pero aquí está, bajo mi piel corriendo por mis venas, y a ver cómo lo evito. —Abrió los brazos en un gesto de resignación e impotencia que mostraba a las claras su negro estado de ánimo—. Lo que tienes que hacer, como bien has dicho, es poner a salvo a tu familia, y hacer que alguien me lleve junto a Ovando. Le rodean demasiados exaltados y necesita que alguien le frene.

—Yo le acompañaré —se ofreció el canario—. Bonifacio Cabrera sabe a dónde tiene que llevar a mi familia y dónde tienen que esperarme. —Se volvió luego a *Doña Mariana* tomándola por la barbilla y obligando a que le mirara a los ojos—. Haré cuanto esté en mi mano por la Princesa —prometió—. Confía en mí.

A la mañana siguiente, con la primera claridad del alba, el grueso de la familia embarcó en dos grandes piraguas rumbo a la punta este de la isla de Gonave, mientras el canario y Fray Bernardino emprendían el regreso al poblado, para comenzar a cruzarse de inmediato con docenas de ancianos, mujeres y niños que huían de los soldados españoles.

Cienfuegos, que dominaba su lengua, iba traduciendo a su acompañante cuanto los fugitivos le contaban, y el buen fraile no daba crédito a sus oídos cuando dos muchachitas, a las que casi no podían considerarse todavía mujeres, relataron con todo lujo de detalles cómo entre cinco soldados las habían encerrado en una cabaña abusando de ellas hasta cansarse.

—¡No es cierto! —exclamó indignado—. ¡Están mintiendo! Tienen que estar mintiendo.

El canario se limitó a mostrarle las marcas que unos dientes habían dejado en la entrepierna de una de ellas y los moretones y arañazos que ambas mostraban por todo el cuerpo.

—¿Y qué cree que es esto, padre? —quiso saber—. ¿Bendiciones Apostólicas? Esto es lo que su amigo Fray

Nicolás consiente que hagan con las nativas. Si se tratara de muchachas españolas mandaría ahorcar a los culpables, pero como tienen la piel oscura y andan medio desnudas, permite que las violen e incluso que las maten.

—¡Dios sea loado!

—No empecemos, que ahora sí que no estoy para jaculatorias —fue la agria respuesta—. Si en verdad seguís pensando que quienes hacen este tipo de cosas van a tener la más mínima piedad con la Princesa, es que estáis loco.

—Ovando no debe estar enterado de esto —casi sollozó el otro—. ¡Seguro!

—Cuando un gobernante no se entera de que sus hombres hacen este tipo de cosas, es porque no desea enterarse —le hizo notar el cabrero—. Vuestro amigo Ovando no se diferencia de los Colón o Bobadilla más que en el hecho de que estudió en Salamanca. —Señaló a las muchachas y a una mujeruca que se alejaba en esos momentos tirando de un niño—. Observad a esta gente y el terror que se refleja en sus rostros —pidió—. Os juro que cuando llegamos aquí jamás vi esas caras. Era un pueblo pacífico y feliz que se desvivía por hacernos la estancia agradable. —Se encogió de hombros con gesto de impotencia—. Nos tomaron por dioses, y han descubierto que en realidad somos demonios. ¡Cielos! —concluyó compungido—. ¡Cuánto daño hemos hecho! ¡Cuánto daño!

—Quizás haya sido culpa de la guerra —insinuó sin la menor convicción el de Sigüenza—. Ya se sabe que...

—¿Guerra? ¿Qué guerra, padre? —le interrumpió el gomero—. Recuerde que yo fui de los primeros en pisar esta isla, y no recuerdo que nadie nos recibiese en son de guerra, del mismo modo que Anacaona tan sólo pretende que les dejen un rincón donde vivir en paz.

Reanudaron la marcha en silencio, sin volver a detenerse hasta que avistaron las primeras cabañas del villorrio, y en el momento de tener que separarse, el franciscano no pudo evitar abrazar con fuerza a *Cienfuegos*, sobre cuya frente trazó la señal de la cruz. «Que el Señor te proteja, hijo —musitó—. Y reza por mí. Reza para que ese maldito hipócrita no me encierre cuando oiga lo que voy a decirle.»

No exageraba un ápice el buen fraile, pues en cuanto se echó a la cara a Su Excelencia el Gobernador Ovando, le espetó de entrada que era un desgraciado hijo de puta, y de ahí en adelante se explayó aún más, a gusto, y sin medida.

De dónde sacó el recatado franciscano tal cantidad de epítetos, y de dónde sacó, sobre todo, el valor necesario como para endilgárselos a un superior de tan alto rango, es algo que aún permanece en el misterio, pues no lo aclaran las crónicas, pero lo que sí se sabe a ciencia cierta es que la tormentosa entrevista escandalizó incluso a los más broncos capitanes de la guardia, que se preguntaban cómo era posible que todo un Gobernador lo aceptase sin exigir que encerraran a semejante energúmeno.

Tal vez se debió a una simple cuestión de amistad; tal vez a que en el fondo de su alma Ovando sabía que estaba obrando erróneamente, o tal vez a que la sorpresa de descubrir que soldados a su mando se dedicaban a violar muchachitas le había dejado mudo, pero lo que resulta de todo punto indiscutible es el hecho de que por primera vez en la Historia, un mandatario español en las Indias Occidentales tuvo que aceptar las recriminaciones que un religioso le hacía en público por el injusto trato que estaban recibiendo los indígenas.

Con el tiempo tal enfrentamiento se convertiría en algo cotidiano y en el eje sobre el que habría de girar la política imperial en el Nuevo Mundo, pero cuanto se dijese más tarde no sería más que una repetición falta de originalidad de cuanto el franciscano Fray Bernardino de Sigüenza le planteara en Xaraguá al Gobernador Fray Nicolás de Ovando al día siguiente de la captura de la Princesa Anacaona.

Según él, los nativos no estaban siendo considerados como seres humanos, sino como bestias; no se respetaban sus derechos, y no se tenía en cuenta que eran tan hijos de Dios como pudiera serlo un andaluz, un catalán o un castellano.

En dos palabras: estaban recibiendo un trato propio de herejes o de infieles, y no de simples paganos.

Y ése era un concepto que había que tener muy presente en la España de los Reyes Católicos, y que a menudo olvidaban cuantos cruzaban el océano.

Herejes e infieles se constituían, casi por antonomasia, en los enemigos declarados de Isabel y Fernando, pero los paganos no, puesto que los paganos estaban considerados como pobres seres ignorantes que no habían dispuesto de la oportunidad de conocer al único y verdadero Dios, por lo que los españoles tenían la obligación de llevarles a la Fe de Cristo a base de paciencia y comprensión.

Había que odiar a moros, judíos o cátaros casi con idéntica fuerza con que había que amar a negros de África o cobrizos de las Indias, pues tanto mérito tenía a los ojos de los Monarcas cortarle el cuello a unos como salvar el alma de los otros.

Pero ésas eran normas que no se estaban cumpliendo, y Fray Bernardino de Sigüenza no parecía dispuesto a consentirlo. La Princesa Anacaona aún no había sido bautizada, y, por lo tanto, no había tenido ocasión de renegar de la fe en Cristo y transformarse en hereje. Tampoco había proclamado públicamente formar parte de la comunidad judía o musulmana, y por idéntica razón tampoco podía ser considerada infiel. Era, pues, una simple y sencilla «pagana», lo cual singnificaba que había que protegerla, defenderla y darle la oportunidad de bautizarse, en lugar de tenderle una trampa y prentender ajusticiarla.

—¿Lo habéis entendido? —fue lo último que se le ocurrió añadir a Fray Bernardino cuando por fin se le acabaron los insultos.

—Lo he entendido —admitió el Gobernador con sequedad—. Pero lo que Vos no entendéis es que «Con Reyes no cuentan Leyes».

—¿Y qué intentáis decir con semejante mamarrachada?

—Que si Anacaona se empeña en considerarse «Reina de Xaraguá» no puede pretender que se le apliquen unas normas dictadas para el común de los mortales. Es su propio empecinamiento el que les pierde, no mi falta de comprensión.

—Es lo más hipócrita que he oído en mucho tiempo —sentenció el de Sigüenza—. Y lo más rastrero.

—Empiezo a cansarme de vuestras palabras y vuestro tono —le hizo notar Ovando—. Abusáis de mi paciencia y mi amistad, pero todo tiene un límite.

—¿Y qué pensáis hacer? —La agresividad del franciscano no disminuía lo más mínimo—. ¿Ahorcarme? ¿Encerrarme tal vez? Sabéis muy bien que no tenéis atribuciones para ello, y no creo que deseéis enfrentaros a la Santa Madre Iglesia. La primera obligación de un siervo de Cristo es defender a su rebaño, y eso es lo que estoy haciendo, puesto que esas desgraciadas a las que violan vuestros soldados son parte de mi rebaño mal que os pese. ¡Alzad un dedo contra mí y conseguiré que os excomulguen!

—¿Os habéis vuelto loco? —se escandalizó el Gobernador palideciendo—. ¿O es que acaso «El Maligno» se ha apoderado de Vos?

—Ni loco, ni poseído más que por la justa ira de Dios —fue la respuesta—. La misma ira que os invadiría si bajarais de vuestro pedestal y vierais las marcas que los dientes de soldados españoles dejan en la entrepierna de niñas inocentes. ¡Ésos son a los que tenéis que ahorcar, no a la Princesa!

—Que los busquen y los ahorquen —sentenció el otro volviéndose apenas al Capitán de su Guardia—. Y Vos, padre, salid de aquí y que no vuelva a veros nunca.

—No volveréis a verme —señaló Fray Bernardino de Sigüenza convencido—. Pero tened por seguro que si vuestro comportamiento sigue siendo el mismo, me oiréis con harta frecuencia.

—¿Os atrevéis a desafiarme?

—Decididamente, sí.

Dio media vuelta y se alejó con tanta altivez que podría pensarse que había dejado de ser el maloliente hombrecillo que siempre deseó pasar inadvertido, para transformarse en un llamativo gigante, y su antiguo compañero de Salamanca no pudo por menos que aceptar que tal vez sus amenazas se cumplieran y se vería obligado a seguir escuchando lo que quisiera decirle aunque nunca tuviera ocasión de volver a verle.

Cienfuegos comprendió bien pronto que, por el momento, resultaba imposible intentar liberar a la Princesa Anacaona por medio de la fuerza.

O de la astucia.

Fuerzas no tenía, puesto que la mayoría de los guerreros habían desaparecido en la espesura y los que quedaban no parecían dispuestos a fiarse de un español, por más que dijera ser canario, y en cuanto a su reconocida astucia, de poco valía frente a los veinte soldados que custodiaban a *Flor de Oro*, y a los que se diría dispuestos a cortarle su hermoso cuello antes de permitir que recobrara la libertad.

El gomero tampoco dispuso de tiempo para madurar un plan de acción mínimamente viable, dado que al amanecer del día siguiente un navío poderosamente armado fondeó a media milla de la costa, lo que demostró sin lugar a dudas que la traición que acabó con la captura de la Princesa había sido cuidadosamente estudiada en todos sus detalles.

Apenas las falúas tocaron la playa, Anacaona fue embarcada en una de ellas, y el cabrero sintió un nudo en la garganta al advertir que aparecía encadenada con gruesos grilletes que la obligaban a sangrar por muñecas y tobillos.

—¡Hijos de puta! —masculló para sus adentros—. ¡Malditos hijos de puta!

Recordó con cuánto afecto y dedicación aquella altiva mujer que ahora semejaba un cervatillo apaleado había acudido en ayuda de Ingrid cuando ésta se encontraba en trance de muerte, y con cuánta paciencia se había esforzado por ayudarla a vencer su terrible depresión, y llegó al convencimiento que si la alemana hubiese asistido a aquella inhumana escena, habría acabado por hundirse para siempre en su profundo abismo mental.

Ya con su prisionera a bordo, y como si de una estratégica retirada militar se tratara, los soldados protegieron la marcha del Gobernador Ovando, aunque resultaba a todas luces evidente que el grueso de la tropa, se quedaba en el lugar y se disponía a fortificar el poblado en previsión de un posible ataque, pese a que hubiera resultado extremadamente difícil establecer qué clase de ataque cabía esperar de la docena escasa de abatidos indígenas que observaban desde lejos cómo les arrebataban su última esperanza de libertad e independencia.

Al poco un hombrecillo avanzó hasta la orilla del agua para contemplar cómo se retiraban los soldados, y cómo las velas comenzaban a izarse al tiempo que el navío levaba anclas.

Fray Bernardino de Sigüenza se había negado en redondo a continuar formando parte de la expedición que había llevado a cabo una de las más infames acciones de la historia de España, y cuando al fin quedó solo, erguido en su pequeña estatura pero aún desafiante, como si se hubiera erigido en la representación viviente de aquellos que jamás estarían de acuerdo con semejante forma de actuar, *Cienfuegos* abandonó su escondite y fue a colocarse a su lado.

—¡Hola, hijo! —fue lo único que dijo el religioso sin volverse apenas a mirarle—. Me alegra saber que no estoy solo.

—Solo o acompañado poco podrá hacer frente a semejantes canallas.

—Puedo luchar —fue la firme respuesta del frailuco—. Luchar por la justicia.

—¿Qué justicia, padre? —quiso saber el otro—. Aquí no hay más «justicia» que la que dicta el Gobernador.

—¡No, hijo, no! —replicó el franciscano en un tono de voz que sonaba muy diferente al habitual en él—. La auténtica «Justicia» es algo que siempre tendrá vida propia, independientemente de las leyes que impongan hombres como Ovando. Es algo que está en el corazón de quienes creen en el derecho de todos los seres humanos a ser considerados iguales, y que prevalece del mismo modo que la fe en Cristo prevaleció pese a las persecuciones. Se la puede herir, pero jamás conseguirá matarla nadie.

—¿Y cómo piensa luchar?

—Volviendo a Santo Domingo para tratar de impedir que ahorquen a esa mujer. Alguien me escuchará.

—¿Quién?

—Mis hermanos y mis superiores; todos aquellos que opinan, como yo, que no hemos venido a colgar cuerpos, sino a salvar almas.

—¿Acaso espera que se opongan a Ovando?

—No lo sé, pero mucho menos lo sabré si no lo intento.

El gomero se acuclilló, y con ayuda de una rama comenzó a trazar dibujos en la arena, mientras observaba cómo las velas del navío tomaban el viento y éste comenzaba a alejarse muy despacio hacia el Oeste con la intención de sobrepasar la punta más occidental de la isla y poner luego rumbo a levante; hacia la capital.

—En cuanto salgan a mar abierto le soplarán vientos contrarios —musitó al fin—. Si tiene buenas piernas podríamos llegar a Santo Domingo antes que él.

—Mis piernas son tan buenas como las tuyas, hijo —fue la seca respuesta—. Y si acaso me flaquean, el Señor me dará fuerzas para seguir adelante. Lo único que necesito es un pedazo de cuerda.

—¿Cuerda? —se sorprendió el gomero—. ¿Para qué quiere una cuerda?

El otro no respondió, limitándose a arrancar una liana del árbol más cercano, y arremangándose los faldones de la blanca túnica hasta más arriba de las rodillas, la utilizó a modo de cinturón, lo que le dio un extraño y cómico aspecto, con dos piernas que parecían palillos, enormes botas de fuerte cuero negro, y lo que le sobraba de hábito colgándole a modo de improvisado delantal.

—¡Cuando quieras! —dijo—. Y patéame el trasero si me retraso.

Emprendieron la marcha, primero hacia el Sur, en

busca de la costa por el mismo camino que habían traído los hombres de Ovando, para torcer luego hacia el Este, cortando campo a través a paso de carga.

Fray Bernardino de Sigüenza era en verdad uno de los individuos más enclenques y esmirriados que cupiera imaginar, pero parecía animado por tal fuerza interior y tal convicción en sus acciones, que ni por un instante dio la impresión de sentirse fatigado, y el atlético cabrero, que tan a prisa y a fondo había recorrido el Nuevo Mundo, fue el primero en alzar la mano para dejarse caer soltando un resoplido.

—¡Caray, padre! —exclamó asfixiado—. Ni que le hubieran metido una guindilla en el culo. Deme un respiro o hecho los hígados.

—¡Cinco minutos! —fue la respuesta—. Cinco minutos, pues cada uno de ellos cuenta. ¿Cuánto tardaremos en llegar?

—A este ritmo cuatro días.

—¿Cuatro días? —se horrorizó el otro—. ¡Diantres! Eso sí que no creo que lo aguante.

Pero tuvieron suerte, porque al segundo avistaron la hacienda de un colono que respondía al curioso nombre de Deogracias Buenaventura, quien por cien maravedíes aceptó conducirles personalmente por intrincados senderos que tan sólo él conocía sobre su viejo y traqueteante carromato.

Lo más duro del viaje se centró sin embargo en el hecho de que como por lo visto hacía meses que no hablaba con «cristianos», no paró de parlotear desde el momento mismo en que emprendieron la marcha, y resultaba evidente que aborrecía a la veintena de «salvajes» que le servían de peones.

—Son los seres más vagos que existen sobre la faz de la tierra —aseguraba con auténtico rencor en la voz—. Los más inútiles, y los únicos capaces de negarse en redondo a aprender cualquier cosa «civilizada» que intente enseñarles.

—¿Como qué?

—Como tejer vestidos «decentes», curtir pieles, hacer ladrillos, construir muebles. ¡Cualquier cosa que incluso el negro más selvático aprendería de inmediato!

—Tal vez se deba a que consideran que son conocimientos inútiles —le hizo notar el cabrero—. Nunca han necesitado ropa, ni zapatos, ni casas, ni mucho menos muebles y han vivido felices durante siglos.

—¿Felices? —rió irónico Buenaventura—. ¿Se puede ser feliz como las bestias?

—La diferencia entre un hombre y una bestia no está en lo que use exteriormente, hijo, sino en lo que encierre el corazón y la cabeza —intervino Fray Bernardino de Sigüenza a quien el colono no parecía haberle caído bien desde el primer momento—. Conozco muchos nobles que afirman que no vivir entre sedas, en palacios con las paredes cubiertas de cuadros y con vajillas de oro, no merece la pena.

—¡No es lo mismo! —protestó el colono.

—No te lo parece a ti, porque lo ves desde tu nivel —sentenció el fraile—. Las necesidades humanas dependen de sus costumbres, y no entiendo por qué hemos de cambiar tales costumbres obligándoles a tener nuevas necesidades.

—Porque se supone que hemos venido a «civilizarlos».

—Empiezo a creer más bien que a lo único que hemos venido es a robarles su oro y su libertad sin ofrecerles a cambio más que vanas promesas en una salvación eterna en la que incluso los que, como yo, más fe tenemos, en ocasiones dudamos.

Deogracias Buenaventura no pudo por menos que tirar de las riendas y detener los caballos para volverse a observar con mayor atención al de Sigüenza.

—¿En verdad sois franciscano? —inquirió con un cierto aire de sospecha—. Porque ni vuestro hábito, ni vuestra forma de hablar me lo parecen.

—El hábito es prestado —admitió el otro—. Pero la forma de pensar es muy mía. Si Francisco de Asís nos enseñó que debemos tratar como hermanos a los animales, pues también son criaturas de Dios, ¿cómo no hacerlo con estos indígenas que se encuentran en el más puro estado de la creación? Así éramos todos en un principio.

—¿Acaso os igualáis a ellos? —se escandalizó el colono.

—¡No, por Dios! —se apresuró a protestar el buen fraile—. Ni mi alma ni mi pensamiento serán nunca tan puros como los de quienes han hecho de su comunión con la Naturaleza la esencia de su forma de vivir. Yo en estos momentos me siento infeliz por el simple hecho de vestir una túnica blanca y no un hábito marrón, y tengo el corazón lleno de ira contra un hermano en la fe, que además era mi amigo. ¿Cómo podría compararme a ellos con semejantes cargas en mi conciencia?

—A fe que sois increíble, padre —mascullo el cabrero—. Pero os suplico que no continuéis con semejante charla, o aquí el amigo Deogracias detendrá tantas veces su tartana que no llegaremos nunca a Santo Domingo.

—¿Y qué os lleva allí con tanta prisa, si puede saberse? —inquirió el citado Buenaventura un tanto amoscado.

—Salvar un alma —se apresuró a replicar el religioso con marcada intención—. Y si fuera posible, un cuerpo al propio tiempo.

—No os comprendo.

—Ni falta os hace —fue la áspera respuesta—. Los cien maravedíes son por el transporte, pero si pretendéis recibir lecciones de ética, deberíamos ajustar un nuevo precio.

Se diría que allí concluía el viaje, pues el dueño del carromato hizo intención de obligarles a apearse en el acto, pero *Cienfuegos* intervino conciliador golpeándole afectuosamente el antebrazo.

—¡Tranquilizaos y no se lo toméis en cuenta —suplicó—. El haber sido nombrado consejero privado del Gobernador Ovando ha puesto al padre Bernardino un tanto nervioso.

—¿Consejero privado del Gobernador? —repitió el otro agitando incrédulo la cabeza y a todas luces impresionado—. ¡No es posible!

—¡Pues lo es! —insistió el canario con firmeza—. Y Gran Inquisidor para mayor abundamiento. ¿O es que acaso no habéis oído hablar del proceso que siguió el Santo Oficio contra esa tal *Mariana Montenegro*?

—Sí —se apresuró a aceptar el otro con un tono muy distinto, al oír hablar de la odiada «Chicharra»—. ¿Acaso pretendéis hacerme creer que...?

—No pretendo haceros creer nada —le interrumpió el gomero con una velada amenaza en la voz—. Pero podéis estar seguro de que una palabra suya y no volvéis a ver la luz del sol en años. ¡Así que andando!

—¡San Juan me valga! —se santiguó el colono haciendo chasquear el látigo para que las bestias avivaran el paso—. ¿Cómo podía yo imaginar que alguien así pudiera ser el mismísimo Inquisidor en persona?

—¿Qué pretendéis decir con eso de «alguien así» —quiso saber el franciscano visiblemente molesto.

—Alguien... «tan sencillo» —balbuceó el otro sin atreverse a mirarle—. Siempre imaginé que los inquisidores eran mucho más..., digamos, «altivos».

—«Digamos» —aceptó el fraile como dando por concluida la charla—. ¡Y arrear a esos caballos que el tiempo apremia y el camino es largo!

A primera hora del día siguiente avistaron al fin Santo Domingo, y el canario se apeó frente a la «Taberna de los Cuatro Vientos» mientras el franciscano se encaminaba al convento en compañía del apabullado Buenaventura que no había vuelto a abrir la boca.

Pero lo único que hizo *Cienfuegos* en la taberna fue inquirir por el paradero de su viejo amigo, Vasco Núñez de Balboa, a quien al fin encontró dormitando en un bohío de la playa, más flaco y andrajoso aún que de costumbre.

—Veo que la fortuna continúa sin querer sonreíros —fue lo primero que dijo tras abrazarle con afecto—. Tenéis mal aspecto.

—Lo que tengo es hambre —fue la honrada respuesta—. Hace semanas que no me alimento más que de frutos silvestres, cangrejos y algún que otro pulpo, y no son manjares que satisfagan a un caballero extremeño.

—¿Extremeño? —se sorprendió el cabrero—. Siempre creí que erais andaluz. De Jerez.

—De Jerez de los Caballeros, no del otro —se apresuró a responder molesto el que habría de ser descubridor del océano Pacífico—. Gracias a Dios existen diferencias.

—Nada más lejos de mi intención que ofenderos —bromeó *Cienfuegos*—. Vamos a comer algo, que necesito vuestra ayuda.

—Difícil empeño es ése —sentenció el extremeño al concluir un copioso y bien regado almuerzo, y acomodarse a fumar uno de aquellos gruesos tabacos a que tan aficionados se habían vuelto la mayoría de los españoles afincados en la isla—. ¡Y harto peligroso! Debo recordaros que una cosa significa enfrentarse a la Santa Inquisición, a la que aborrezco, y otra muy distinta desafiar a un Gobernador que representa a la Corona. Tratar de libertar a esa Princesa se me antoja un acto de traición, y yo puedo ser un borrachín muerto de hambre, capaz de vender su primogenitura por un plato de lentejas, pero nunca un traidor, tenedlo por seguro.

—No os estoy pidiendo que colaboréis en ningún tipo de traición, sino que me ayudéis a mover los hilos que puedan conducir a la pacífica puesta en libertad de Anacaona —puntualizó *Cienfuegos* remarcando las palabras—. Alguien habrá en Santo Domingo capaz de influir sobre Ovando y hacerle comprender que cometerá un trágico error si la ejecuta.

—Sin duda debe haberlo —admitió Balboa notoriamente más tranquilo—. Aunque sabido es que el Gobernador es tan testarudo, que ni siquiera el naufragio de la Gran Flota le hizo cambiar. Habría que buscar entre sus colaboradores más cercanos, aunque, por desgracia, un tipo tan miserable y desprestigiado como yo, poco acceso tiene a esos círculos.

—Me parece injusto que os menospreciéis de esa manera —protestó el canario—. Sois un hombre inteligente que ha demostrado sobradamente su extraordinario valor.

—Hasta el momento tan sólo he demostrado ser un lunático extravagante con más delirios de grandeza aún que los centenares de lunáticos extravagantes que pululan por la isla, amigo mío —dogmatizó el extremeño con absoluta naturalidad—. A nadie más que a mí se le ocurre tirarse al mar a destripar tiburones sin saber nadar, y a nadie más que a mí se le ocurre emborracharse a todas horas sin darle un sentido a su vida. —Lanzó al aire una densa columna de humo que observó impertérrito para añadir en el mismo tono monocorde—: Soy un auténtico desecho de caballero español y no me llamo a engaño.

—Creo que exageráis.

—Corto me quedo y lo sabéis. Nadie me aprecia, excepto Vos, y a punto estoy de ir a la cárcel, y con razón, por culpa de mis deudas y pendencias.

—Pues cambiad.

—Ya lo hago —rió el otro socarrón—. Lo hago cada mañana, para volver a ser el mismo cada noche. —Le apuntó con el grueso cigarro, y añadió—: Pero sé quién podría llegar a esas personas con ascendiente sobre Ovando, aunque en estos momentos no se encuentre en la cumbre de su gloria: el Capitán Ojeda.

—¡Ojeda! —no pudo evitar exclamar *Cienfuegos* dando un respingo—. ¿Queréis decir que el gran Alonso de Ojeda está aquí, en la isla?

—Hace pocos días que salió de la cárcel.

—¿La cárcel? —repitió el gomero, ahora sí que en el colmo del estupor—. Nunca imaginé que un hombre tan extraordinario como él pudiera ir a la cárcel.

—Es una historia bastante confusa, y hasta cierto punto divertida —replicó el otro haciendo un gesto al tabernero para que sirviera una nueva jarra de vino—. Al parecer en Sevilla se asoció con un par de sinvergüenzas que prometieron financiarle una pacífica expedición a tomar posesión de una provincia de «Tierra Firme» de la que los Reyes le han nombrado Gobernador, aunque por lo visto desde el primer momento se dedicaron a saquear cuanto encontraban a su paso, maltratando a los indígenas y violando a sus mujeres. Lógicamente, Ojeda no podía consentirlo, por lo que dio fin a la expedición confiscando el botín y poniendo proa a Santo Domingo. Sin embargo, los muy canallas organizaron un motín, lo cogieron preso y lo cargaron de cadenas. —Balboa se rió como si estuviera viendo la escena—. La noche que fondearon frente a la costa, Ojeda se deslizó hasta el agua pretendiendo llegar a nado a la playa y avisar a las autoridades, aunque no calculó el peso de sus cadenas y se fue al fondo.

—¡No es posible!

—¡Como lo oís! Por suerte, uno de sus fieles, que le estaba ayudando, comenzó a dar gritos, y entre varios consiguieron rescatarle, aunque estuvo devolviendo agua casi una hora. ¿Os imagináis? ¡Ojeda, que nunca bebió más que vino...! Total, que sobrevivió para ver cómo le acusaban de apropiación indebida y le obligaban a pasar dos meses en la cárcel. No obstante, ya todo se ha aclarado, y los que están ahora a la sombra son los otros.

—¡Vaya por Dios! —exclamó el canario—. ¡Curiosa historia!

—Lo peor del cuento estriba en el hecho de que, como suele suceder con tanto pleito, jueces y abogados, el oro se esfumó y ahora andan todos en la más negra miseria. —Chasqueó la lengua con admiración—. Aun así, Ojeda sigue siendo el hombre más querido y respetado de la isla. —Hizo una significativa pausa—. Y por lo que tengo oído siempre fue el gran amor de Anacaona, o sea que le imagino dispuesto a hacer cuanto esté en su mano por ayudarla.

—¿Dónde puedo encontrarle? —quiso saber el gomero.

—No creo que resulte difícil averiguarlo —señaló Balboa—. Pero antes debemos dar buena cuenta de lo que queda en el fondo de esta jarra...

Caía la noche cuando golpearon el quicio de una humildísima choza de adobes y paja cuya puerta no estaba cubierta más que por una sencilla cortina de cañas, que se entreabrió al poco para mostrar el rostro de una indígena de enormes ojos expresivos cuyos rasgos hablaban de una exótica belleza poco común que había comenzado a marchitarse con excesiva rapidez.

—¿El Capitán Ojeda? —inquirió *Cienfuegos* seguro de haberse equivocado, pues resultaba absurdo que allí pudiese habitar un noble castellano mundialmente famoso.

—¡Está muerto! —respondió una bronca voz desde el

interior sin darle tiempo a la mujer a abrir la boca—. Muerto y enterrado.

—¡Vamos, Capitán, dejaos de sandeces! —exclamó Vasco Núñez de Balboa sin poder evitar una divertida sonrisa—. Todo el mundo sabe que sois inmortal.

—¡Balboa! —La voz sonó alarmada—. ¡Dios me asista! Estoy más muerto aún si cabe. Es más, me devoraron los tiburones que no acabaron con Vos en mala hora.

—No vengo a pedir dinero —protestó el extremeño.

—¡A otro perro con ese hueso!

—¡Os lo juro! Sólo vengo acompañando a alguien que tiene mucho interés en conoceros: es el esposo de *Doña Mariana Montenegro*; el tal *Cienfuegos*, al que llaman *Brazofuerte*.

Se escuchó una exclamación de asombro y al poco la cortina se abrió de golpe para que a la escasa luz se recortase la minúscula silueta del famoso capitán conquense, bravo entre los bravos y el mejor espadachín de su tiempo, quien se puso de puntillas para observar de cerca el rostro del gigante pelirrojo.

—¡Luego existe! —exclamó alborozado—. ¡Virgen Santa! ¡Jamás lo hubiera creído!

Hizo un gesto invitándoles a pasar, y tras acomodarse sobre la gastada esterilla de cañas que componía casi todo el mobiliario de la vivienda, alargó la mano para rozarle la barba y cerciorarse de que el recién llegado era de carne y hueso, y no una simple alucinación sin consistencia.

—¡Tantos años oyendo hablar de Vos, sin llegar a creer que fuerais real, y en verdad lo sois y estáis aquí, en mi propia casa!

—¿Por qué no habría de serlo? —Se sorprendió el gomero.

—Demasiado perfecto por lo que contaba *Doña Mariana*, pero antes que nada decidme cómo se encuentra.

—No muy bien si he de seros sincero —admitió *Cienfuegos*—. Le han ocurrido demasiadas desgracias, y a ello se une ahora lo de Anacaona.

—¿Qué le ha sucedido a la Princesa? —se alarmó Ojeda—. ¿Acaso Ovando...?

—...se ha apoderado de ella a traición, y temo que tenga intención de ahorcarla —completó la frase el gomero.

—¡Bastardo...! —Resultaba evidente que la noticia indignaba al valiente capitán—. Siempre temí lo peor de esa «Visita de Cortesía», pero no quería creer que se atrevería a tanto.

—Pues se ha atrevido. Y si los vientos no cambian, lo más probable es que esté aquí mañana. Es por eso por lo que me he atrevido a molestaros.

—Habéis hecho bien —señaló el otro apretándole con fuerza el antebrazo—. ¡Y os lo agradezco! Siento un profundo afecto por *Flor de Oro*, que en un cierto momento significó mucho en mi vida. —Señaló con un leve ademán de cabeza a la indígena que se había acuclillado sumisamente en el más apartado rincón de la estancia, y añadió—: Nuestros destinos se separaron y más tarde me uní a Isabel, pero eso no quiere decir que no la siga considerando una de las mujeres más excepcionales que he conocido. ¿Qué puedo hacer por ella?

—Aún no lo sabemos —intervino Núñez de Balboa, que había permanecido en segundo plano, consciente de que el de Cuenca no le tenía en gran estima—. Pero por mi parte estoy convencido de que la gente que influye sobre el Gobernador os escucharía.

—¿A mí? —se desconcertó el otro—. ¿Por qué habrían de escucharme?

—Sois Alonso de Ojeda.

—¡Alonso de Ojeda! —repitió, sardónico—. ¡Sí! Naturalmente que soy Alonso de Ojeda. ¡Pero mirad a vuestro alrededor... Es aquí donde vivo, y ni siquiera esta choza es mía, sino de un tío de mi mujer. Y hace tres días que no comemos decentemente. —Rió con amargura—. Decidme: ¿qué diantres significa ser Alonso de Ojeda si no consigo vivir como un ser civilizado, ni alimentar a mi familia? ¿Qué haré por otros si nada puedo hacer por mí?

—Vamos, Capitán... —replicó el extremeño conciliador—. Es el maldito orgullo el que os impide aceptar un puesto junto a Ovando, puesto que oficialmente sois Gobernador de una provincia mucho más extensa y rica, en «Tierra Firme», pero vuestro nombre aún abre muchas puertas, no como el mío que las cierra a cal y canto.

—Se cierran porque habéis hecho que se cierren —le hizo notar Ojeda—. No queda hombre en esta isla a quien no debáis dinero, ni mujer a quien no prometierais matrimonio. Sois el mayor embaucador, pendenciero, vago, borrachín y putañero que haya dado el reino, lo que es decir demasiado.

—Admito que nunca fui dechado de virtudes —replicó el inculpado—. Pero no es mérito mío, sino a la púnica herencia que me dejó mi padre. —Hizo un gesto con la mano como alejando un tema demasiado molesto—. Dejemos un negocio que no viene al caso, pues lo que en verdad importa es hacer algo en provecho de la Princesa. Si no recuerdo mal, ese tal Capitán Castreje, al que acaban de nombrar Asesor Militar del Gobernador, sirvió a vuestras órdenes.

—En efecto. Pero como militar es un tarugo, y como hombre un castrado que sólo se mueve por dinero.

—Pues lo que es dinero, poco hay —admitió *Cienfuegos*—. Que lo que Ingrid tenía se acabó, e imagino que la gente del Gobernador habrá dado buena cuenta del oro de Anacaona.

—¡El oro de Anacaona...! —exclamó Ojeda sonriendo como si se burlara de sí mismo—. Recuerdo cuando se presentó cubierta de joyas de los pies a la cabeza y yo, ¡loco de mí!, las tiré al mar para demostrarle que la quería por ella misma, no por sus riquezas.

—¿Que las tirasteis al mar...? —repitió Balboa estupefacto—. ¡Bromeáis!

—¡Qué más quisiera yo! —replicó el otro en tono pesaroso—. Había collares, brazaletes, pendientes y, sobre todo, un peto repujado de piedras preciosas que valía un imperio. ¡Dios Bendito! —añadió—. En aquel momento se me antojó un gesto romántico, pero ahora reconozco que no fue más que una estúpida pedantería. Tal vez si ahora las tuviera, Anacaona podría comprar su libertad.

—¡Y luego dicen que soy el tipo más chiflado de la isla! —se lamentó el extremeño—. ¡Bien! —añadió—. En el mar están, y en el mar seguirán. Olvidémoslo y vayamos a lo que importa. ¿Qué se os ocurre para presionar a Ovando?

—Nada.

—No es mucho.

—Yo soy hombre de acción, no de antecámaras —puntualizó el conquense—. Si hubiera sabido desenvolverme en ambientes palaciegos ahora viviría en el Alcázar, y no en esta choza. Repito lo dicho: ¿Qué puedo hacer por los demás, si no acierto a hacerlo por mí mismo?

—Tragaros vuestro orgullo.

—¡Medid vuestras palabras, Balboa! —se indignó Ojeda a punto de saltar—. No quisiera tener que enseñaros cómo se maneja una espada.

—Admito que aún seríais capaz de enseñarme algo a ese respecto —replicó el otro—. Ya que sin duda seguís siendo el mejor «matachín» sobre la Tierra, pero a cambio yo podría enseñaros humildad cuando viene al caso, y ningún caso se me antoja mejor que salvar a una Princesa de la horca.

—En verdad que me enferma la idea —mascullo Ojeda, esforzándose por recobrar la calma, para volverse luego al gomero—. Y Vos, *Cienfuegos* —inquirió—, ¿también opináis que mi presencia serviría de algo?

—Lo ignoro —reconoció con absoluta sinceridad el aludido—. Lo que sí sé es que decir «Ojeda», es decir mucho, pero no el Ojeda que ahora veo, sino el que hace volar las fantasías.

—Pues no hay más cera que la que arde —fue la desabrida respuesta—. Treinta batallas, miles de aventuras por mares desconocidos y tierras de salvajes, y cientos de victorias espada en mano, me han traído hasta aquí, y lo que está a la vista es cuanto tengo.

Resultaba en cierto modo obligado aceptar que, en efecto, aquel hombrecillo de apenas metro y medio de estatura, escuálido, andrajoso y acosado por el hambre y la miseria, no constituía la representación idónea del mítico caballero andante capaz de rescatar a una princesa de las garras de un dragón, sino más bien la de un triste mendigo necesitado de la compasión de esa princesa, y, por unos instantes, el desaliento se adueñó del indomable espíritu del cabrero.

—¡Mierda! —exclamó al fin—. Me gustaría saber si todas las historias que se cuentan sobre héroes, villanos, conquistadores y princesas, tienen un origen semejante. Aún no puedo creer que hubo un momento en que Anacaona era una famosa reina cubierta de joyas, y Vos el fogoso y altivo enamorado que las tiraba al mar.

—Pues así fue, pero de eso hace ya casi diez años.

—¿Y dónde tirasteis esas joyas?

—Al mar.

—Sí. Eso ya lo habéis dicho —mascullό *Cienfuegos*—. Al mar... ¿Pero dónde?

—En la antigua capital: en Isabela.

—¿Recordáis el lugar?

—Cerca de una cueva, a media legua al oeste de la hacienda de *Doña Mariana*.

—¿Arena o rocas?

—Ambas cosas.

—¿Muy profundo?

—¡Y yo qué sé! —replicó impaciente el otro—. ¿A qué viene este absurdo interrogatorio? ¿Acaso se os pasa por la mente la idea de ir a buscarlas?

—Si creyera que con ello salvaría a la Princesa, desde luego.

—¡Estáis loco!

—¿Quién está más loco? —quiso saber el gomero—. ¿Quién tira una fortuna, o quien pretende recuperarla?

—Ha pasado mucho tiempo.

—No para el oro. El oro no sabe de años. Puede que esté allí, y puede que no esté, pero dondequiera que se encuentre sigue valiendo lo mismo... ¡O más!

—¡Existe! —exclamó Ojeda apuntándole con el dedo y soltando una corta carcajada—. Llegué a dudar de cuanto *Doña Mariana* contaba de Vos, pero ahora veo que existís y sois lo que ella decía: un maravilloso iluso capaz de creer que va a Sevilla y venirse a Las Indias, y capaz de imaginar que puede recuperar lo que el mar se tragó.

—Prefiero ser un iluso que sueña imposibles, a un héroe que disfruta llorando fracasos. —Resultaba evidente que la intención, tanto de *Cienfuegos* como de Balboa, era obligar a reaccionar a un hombre que, recién cumplidos los treinta y tres años pretendía transformarse de mito viviente en olvidada reliquia del pasado—. Ser valiente y brillante cuando todos te aclaman porque eres el más hábil con la espada, resulta muy sencillo —añadió en el mismo tono el gomero—. Pero salir de abajo cuando nadie te mira, y demostrar que se tienen agallas para algo más que abrirle las tripas a un rival, algo muy diferente.

Alonso de Ojeda apretó con fuerza los dientes y alzó los ojos al cielo como dando a entender que aquélla era una más de las muchas pruebas con las que el destino le castigaba en los últimos tiempos, pero por fin se volvió a contemplar con afecto a la indígena que había escuchado tan inmóvil como una esfinge la larga charla, para inquirir dulcemente:

—¿Tú qué opinas?

—*Flor de Oro* es la luz que ilumina mi pueblo —fue la sencilla respuesta.

—¡Vaya por Dios! —exclamó el conquense—. ¡Lo que faltaba! —Alzó el rostro hacia el canario—. ¿Qué pretendéis que haga exactamente?

—En primer lugar arreglaros la barba, cortaros el cabello y daros un buen baño con estropajo y abundante jabón.

—¡Un baño! —se horrorizó el otro—. ¡Qué diantres tiene eso que ver con el negocio que nos ocupa?

—Que cuando estéis limpio y reluciente os compraré el mejor jubón y las botas más costosas que haya en la isla, y con un buen sombrero y capa de seda os presentaréis ante Ovando para discutir con él de igual a igual.

—¿De igual a igual? —repitió el otro incrédulo.

—¡Naturalmente! —insistió el cabrero—. Como Gobernador que sois de una extensa provincia en «Tierra Firme», debéis tratar con Ovando un delicado asunto que afecta a la política de la Corona en Las Indias, ya que la ejecución de Anacaona puede repercutir de forma harto desfavorable sobre el destino de los futuros asentamientos en el Continente.

—Me mandará al infierno.

—Es muy probable —admitió el otro—. Pero si en un determinado momento le recordáis que por no escuchar a Colón y Juan de la Cosa, que tenían gran experiencia en asuntos de mar, se perdió la Gran Flota y una inmensa fortuna, de igual modo, quizá por no escuchar a quien tiene mayor experiencia que él en el trato con los nativos, corre el riesgo de provocar un segundo desastre que los Reyes jamás le perdonarían.

—¡A fe que sois retorcido! —exclamó Balboa entusiasmado—. Cuanto más os conozco, más me asombráis con vuestra infinita capacidad de enredar las cosas. ¡Tenéis toda la razón! —añadió convencido—. ¡Nada de intermediarios! Tiene que ser el propio Ojeda el que se plante ante el Gobernador y le cante las verdades.

—¿Y mientras yo canto, qué haréis Vos? —quiso saber mordaz el de Cuenca—. ¿Tocar el laúd? Porque os recuerdo que acabo de salir de una mazmorra y no tengo el menor interés en volver a ella.

—Si creéis que puedo servir de ayuda, con infinito placer os acompañaré, pero temo que si os presentáis con semejante escudero nos arrojan a ambos escalera abajo.

—¡Bien decís, que mejor me apaño solo que mal acompañado!

—¿Entonces...?

El noble hidalgo, Capitán Alonso de Ojeda, héroe de Granada, descubridor de Venezuela, a la que diera nombre, conquistador de pueblos y tierras, vencedor en más de ciento treinta duelos en los que jamás recibió ni siquiera un rasguño, devoto de la Virgen y espejo de virtudes, meditó largamente y por último sonrió con ternura a la bella india Isabel, para musitar con desgana:

—Busca unas tijeras y arréglame la barba y el cabello. —Por último lanzó un hondo suspiro de resignación—: Y prepárame un baño.

Tal como *Cienfuegos* predijera, apenas dobló el cabo de San Miguel, que era la punta más occidental de La Española, el navío del Gobernador se enfrentó a vientos contrarios y a una suave corriente que convirtió su avance hacia la capital en un agónico zigzaguear sin apenas progreso, debido en parte al cuadrado velamen del pesado armatoste de escaso calado, y en parte también a la excesiva prudencia de un capitán que no deseaba perder de vista la costa por miedo a adentrarse en la inmensidad del desconocido Mar de los Caribes.

Mediada la mañana, incluso la ligera brisa se calmaba, las velas colgaban fláccidas, tan inútiles como los cortinones de un viejo teatro, y un calor húmedo y agobiante obligaba a maldecir la mala hora de haber tomado la decisión de emprender aquel incómodo viaje.

Sentado a la sombra del castillo de popa, sudando a chorros y soportando a duras penas la desagradable sensación que produce en las personas poco habituadas al mar el paso previo al auténtico mareo, Fray Nicolás de Ovando dejaba transcurrir las tórridas horas contemplando la lejana silueta del País de las Montañas, y envidiando a los miembros de una tripulación que pululaba tranquilamente por cubierta, o tomaba asiento en un rincón a devorar un plato de lentejas.

En esos momentos desviaba la vista al sentir arcadas, e iba a clavarla en la figura de la altiva mujer que se sentaba junto a la base del palo de trinquete, y cuyos negros y acusadores ojos le inquietaban cada vez que se cruzaban sus miradas.

Estaba allí, ya era su prisionera, y con su captura había concluido toda esperanza de revuelta en la colonia, pero pese a lo rápido y eficaz de su victoria, el Gobernador de La Española no se sentía satisfecho de sí mismo, pues tenía plena conciencia de que no era aquélla una hazaña de la que un Caballero de la Orden de Alcántara pudiera mostrarse orgulloso, ni un acto que diera mayor lustre a su nombre.

Se trataba de una infame y sucia traición desde cualquier ángulo que se la mirase, y en su descargo no cabía más que alegar el hecho de que se había visto obligado a cometerla para evitar un bárbaro derramamiento de sangre.

—Eso o la guerra —había señalado sin vacilación su asesor militar, quien era de la opinión de que un asalto frontal al selvático reino de Xaraguá hubiese desembocado en un auténtico fracaso—. Siempre es preferible un golpe de mano a una batalla en la jungla.

A Ovando le costaba aceptar que apoderarse por la fuerza de una mujer al final de una fiesta en la que les había ofrecido una exquisita hospitalidad, pudiera considerarse «Un Golpe de Mano», y durante las lentas horas de la abominable travesía se preguntó más de una vez qué denominación daría la Historia en los siglos venideros a los hechos que habían ocurrido en un minúsculo reino de salvajes desnudos.

—«La Historia la suelen escribir los vencedores —aseguraba siempre su viejo profesor de Salamanca—. O sea, que lo que en verdad importa es ganar.»

Resultaba evidente, que ni aquella descocada «Princesa», ni sus analfabetos súbditos estarían nunca en condiciones de escribir esa Historia, y dudaba mucho que nadie en Europa tuviera el más mínimo interés por saber qué era lo que en verdad había ocurrido en aquel perdido rincón del Nuevo Mundo.

Lo más probable sería, por tanto, que el feo «incidente» quedase olvidado sin transcender siquiera a los límites de la isla, pero Fray Nicolás de Ovando sabía a ciencia cierta que, pese al vacío en que pudiese caer por parte de todos, él continuaría soportando tan pesada carga de conciencia hasta el día de su muerte.

Pronto o tarde los Reyes le sustituirían en la gobernación de la colonia, obligándole a regresar a su vieja mansión familiar cerca de Olmedo, donde tendría que limitarse a dejar pasar los años recordando unos tiempos en que se vio obligado a tomar decisiones de las que dependían las vidas de incontables seres humanos.

¡Tantos se habían ahogado porque él no fue capaz de aceptar que nada sabía sobre la auténtica furia de los mares y los vientos...!

A menudo se despertaba a media noche asaltado por terribles pesadillas en las que un coro de desgarradas voces le pedía cuentas por tan terrorífico error, y cada amanecer se preguntaba si era aquél un suplicio que habría de acompañarle hasta la tumba, por duras que fueran las penitencias que se había impuesto a sí mismo desde entonces.

No había vuelto a probar carne, se flagelaba dos veces por semana, y a diario rezaba un Avemaría por cada una de las víctimas del horrendo naufragio.

Y por el rumbo que tomaban los acontecimientos le constaba que pronto tendría que rezar una más.

Contempló de nuevo la esbelta figura de la «salvaje», y aunque casi desde que tenía uso de razón había desechado cualquier tipo de relación con las mujeres, no pudo negar la evidencia de que aquella agresiva criatura le impresionaba, no desde un punto de vista sexual, cosa que estaba muy lejos de su mente, sino más bien como un elemento absolutamente diferente en su vida; como si cuando se encontraba cerca de ella penetrase en una tercera dimensión o se tratase de un ser de otro planeta.

Desde que atravesó el océano y tomó posesión de su cargo, Ovando se acostumbró a la idea de que los «salvajes» eran seres inferiores, a mitad de camino entre el hombre y la bestia, incapaces de expresarse normalmente o concretar una simple idea abstracta.

Pero durante los dos días en que fue huésped de Anacaona y ésta le agasajó como al embajador de una lejana potencia aliada, Fray Nicolás llegó a la conclusión de que la inteligencia, la gracia y la agudeza de *Flor de Oro* iba muchísimo más allá de lo que hubiese descubierto jamás en ninguna mujer europea, ni aun en la inmensa mayoría de los hombres.

Si a ello se unía su innegable hermosura, y el hecho de que siempre parecía abierta a cualquier tipo de aventura galante, no es de extrañar que en su presencia se derrumbaran todos los esquemas de comportamiento masculino.

La mandó llamar.

—Siento lo ocurrido —fue lo primero que dijo al tenerla ante sí—. Pero hay cosas que me veo obligado a hacer como gobernante pese a que me repugnen como persona.

—Eso quiere decir que no sois un auténtico gobernante —replicó ella con una tranquilidad sorprendente en una mujer semidesnuda y encadenada.

—¿Por qué?

—Porque quien ha nacido para gobernar compagina desde un principio ambos conceptos. Tan sólo cuando esos principios están de acuerdo con sus actos, tiene derecho a decirle a otros lo que deben hacer.

—¿Quién os enseñó tales cosas?

—Mi padre en la cuna. Y supongo que lo mamé en la leche mi madre. Ambos eran príncipes.

—¿«Principes de salvajes»?

—Para los arawacs el concepto de «salvaje» tan sólo se aplica a aquellos que matan sin estar en peligro su vida; como los caribes, que lo hacen por devorar a sus víctimas, o los españoles, que lo hacen por robarles su libertad y su oro.

—¿Acaso andar desnudos y fornicando a todas horas es propio de gente civilizada?

—Mucho más propio que andar con paños de lana con este calor, y más propio que masturbarse como hacen los de tu raza. Sois tan hipócritas que preferís proporcionaros un denigrante placer a vosotros mismos con tal de conservar las apariencias, que hacer felices a otros con tal de que un tercero no os critique. ¡Pobre gente!

—¿Qué sabrá una salvaje sobre la auténtica fe y el

respeto a nuestro cuerpo que exige la Santa Madre Iglesia?

—¿Respeto...? ¿Llamas respeto a mantener un cuerpo mugriento y apestoso? Lo respetáis tanto que ofendéis a cuantos os rodean, porque con harta frecuencia el hedor que despide obliga a mantenerse lejos. Si ésa es la mejor arma que habéis descubierto para luchar contra la concupiscencia, admito su increíble eficacia.

—Pues por lo que sé de Vos, tales olores no os han impedido cohabitar con más de un caballero castellano.

—Mi trabajo me costó librarles de sus miserias, y en algunos casos, como el de Don Bartolomé Colón, jamás lo conseguí, pero aquélla fue una cuestión de Estado, no de placer, y acepté resignada el sacrificio.

—¿Luego admitís que sois capaz de acostaros con un hombre por interés?

—Por el de mi pueblo sí, no por el mío. Y no me arrepiento, ya que gracias a ello Xaraguá ha sido independiente y libre todos estos años.

—Tal vez llegasteis a imaginar que tales argumentos podrían ser válidos en mi caso.

—¡En absoluto! —fue la honrada respuesta de la Princesa—. Ni yo soy la misma, ni Vos un Colón. Tengo muy claro que cuando vuestros Reyes designan a un Gobernante, su primera preocupación se centra en el hecho de que no debe sentir el más mínimo interés por las mujeres, pese a que si Bobadilla se hubiese preocupado más por ellas, que por atesorar oro y poder, mejor nos hubiera ido.

—Sobre todo a él, que se fue al fondo del mar con sus riquezas. —Ovando observó con sorprendente fijeza a su interlocutora, como si en verdad se esforzase por averiguar qué se ocultaba tras aquel hermoso rostro que aparecía marcado por profundas ojeras azuladas, como si hubiera envejecido una década en tan sólo cinco días—. ¡Dejemos eso! —añadió—. Lo que importa es saber si estáis dispuesta a ordenar a vuestros guerreros que abandonen toda resistencia y acepten convertirse en fieles súbditos de Isabel y Fernando.

—¿Súbditos o esclavos?

—Sabéis muy bien que mis Señores han dictaminado que ningún nativo de las Indias Occidentales sea considerado esclavo, a no ser que se le haya hecho prisionero en el transcurso de una guerra justa.

—¿Como en mi caso...? —inquirió Anacaona con ironía—. ¿O como en el de los miles de confiados taínos que un buen día se vieron sorprendidos en sus hogares, cargados de cadenas y enviados a España? ¿Es eso lo que consideráis «Una Guerra Justa»?

—La mayoría de las guerras son a medias justas y a medias injustas, según el bando desde el que se miren —le hizo notar el Gobernador con absoluta calma y convicción—. Y para mí nada hay más justo que enfrentarme arma en mano a reyezuelos y gobernantes que por mera ambición personal se oponen a que la civilización y la verdadera fe favorezcan a sus congéneres.

—¿Y cómo podéis estar tan seguro de que vuestra fe es mejor que la mía?

—Es evidente, puesto que no tenéis ninguna.

—¡Más a mi favor...! —le hizo notar la Princesa—. Al no adorar a un Dios, tal vez cometo una grave falta, pero si adorase a uno que resultase falso, esa falta sería doblemente grave. ¿O no?

—Nunca se me había ocurrido mirarlo desde ese punto de vista —admitió el otro—. Pero tampoco es éste el caso. Cristo es la verdad.

—Años de tratar a personas tan cultas como Ojeda, Juan de la Cosa, o *Doña Mariana Montenegro*, me han llevado a la conclusión de que para los europeos ese tipo de verdades se transforman en un simple problema geográfico. Un dios es verdadero o falso según determinadas fronteras, pese a que esas fronteras cambien a menudo de lugar, y eso me parece absurdo.

—No os he hecho venir para enfrascarme en una discusión moral o teológica —cambió de tema el Gobernador a todas luces incómodo por el sesgo que tomaba la charla—. Sino para conocer vuestra respuesta a mi demanda. ¿Daréis esa orden?

—¿La orden de que acepten la esclavitud? ¡Naturalmente que no!

—¿Sabéis a lo que os exponéis?

—Lo imagino.

—¿Y no os asusta?

—Más me asusta verme convertida en una vieja marioneta a la que incluso los suyos aborrecen.

—Podríais ahorrar sufrimientos y derramamiento de sangre a vuestro pueblo.

—Derramamiento de sangre, tal vez. Sufrimientos no, porque tengo muy claro que su destino es sufrir bajo vuestra tiranía hasta que desaparezcan de la faz de la tierra. Sé que así será, pero no colaboraré para que así sea.

—Haré que os juzguen por traición.

—¿Traición a quién? Nací reina y por lo tanto no puedo traicionarme más que a mí misma. —*Flor de Oro* sonrió con amargura—. Y es lo que no estoy haciendo.

Fue aquélla una conversación que habría que quedar grabada para siempre en la memoria de Fray Nicolás de Ovando, y que le inquietó al punto de no desear que volviera a repetirse, puesto que el hecho de que una «salvaje» fuera capaz de expresarse con argumentos que hubiesen envidiado la inmensa mayoría de sus conocidos, debilitaba los cimientos de sus más firmes convicciones, y le obligaba a replantearse la cuestión de la superioridad de su propia raza sobre la de los negros y cobrizos.

De regreso a la capital, y recluido como siempre en sus habitaciones del Alcázar, lamentó no poder contar con los sabios consejos de Fray Bernardino de Sigüenza, puesto que pese a lo que hubiera podido decirle en un momento de indignación, tenía plena conciencia de que el diminuto franciscano era la única persona de este mundo capaz de expresar con absoluta sinceridad lo que pensaba.

«La Soledad del Poder» le pesaba con más fuerza que nunca, y lamentó también —mucho más de lo que le hubiera gustado reconocer— el hecho de no tener ocasión de mantener nunca más aquellas largas charlas en las que conseguía sincerarse por completo, abriendo su corazón con la seguridad de que cuanto dijera jamás trascendería.

Tomar decisiones de las que dependían tantos destinos le agobiaba, pero aún más le agobiaba el hecho de no tener con quién discutir ni la más nimia de dichas decisiones.

No confiaba en ninguno de sus «asesores» y empezaba a tener la impresión de que se encontraba atrapado en lo más intrincado de una tupida tela de araña entretejida a base de intereses que con frecuencia incluso escapaban a todo análisis o a toda capacidad de comprensión.

El ansia de riqueza de quienes habían atravesado el océano huyendo de la miseria o de la justicia, no parecía conocer límite, y siniestros personajes que unos meses antes mendigaban un empleo o un mendrugo, «exigían» ahora tierras y siervos con las ínfulas de héroes de las cruzadas.

—Su Excelencia el Gobernador de Coquibacoa solicita audiencia.

—¿Quién? —repitió molesto por la inesperada interrupción de su obeso Secretario Privado.

—Su Excelencia el Gobernador de Coquibacoa.

—¿Otro mangante? —se enfureció—. Que lo echen.

—Lo veo difícil, Excelencia —le hizo notar el gordo con cierta timidez—. Permitid que os recuerde que se trata del Capitán Alonso de Ojeda, y le creo muy capaz de acabar por sí solo con toda la guardia.

—¡Ojeda! —exclamó Fray Nicolás de Ovando cayendo en la cuenta de su error—. ¡Dios Bendito! Olvidé que los Reyes le concedieron tan ridículo título. —Agitó la cabeza desconcertado—. Creí que al salir de la cárcel había abandonado la isla.

—También yo, Excelencia, pero está en la antecámara y vestido de punta en blanco. Parece ser que las cosas le van bien nuevamente.

—¿Tengo obligación de recibirle?

—Como Alonso de Ojeda, no. Como Gobernador de una Provincia de Sus Majestades, sí —le hizo notar el otro—. Y se ha presentado exhibiendo su nombramiento.

—Que pase entonces.

El primer saludo fue cortés, como correspondía a dos

hombres que sabían que si bien uno era importante por su cargo, el otro lo era por su fama, y fue Ovando quien como anfitrión rompió el hielo haciendo un esfuerzo por mostrar una satisfacción que no sentía.

—Me alegra que al fin prevaleciera la justicia —dijo—. Y a decir verdad me sentía dolido al suponer que habíais abandonado Santo Domingo sin visitarme.

—Por mi parte esperaba una invitación vuestra, así como una felicitación oficial, por mi puesta en libertad. ¡Puntos de vista!

—¡Puntos de vista, en efecto! —El tono de voz pretendía significar que el caso no revestía mayor importancia—. A veces no estoy muy ducho en el protocolo, aparte de que he estado terriblemente ocupado pacificando Xaraguá.

—¿«Pacificando»? —repitó con ironía el diminuto Ojeda al tiempo que tomaba asiento pese a que el otro no le había pedido que lo hiciera—. Curiosa palabra para semejante acto, ¿no os parece?

—Os recuerdo que se trata de una acción calcada de la captura del cacique Canoabó que tanta fama os diera.

—¡En absoluto! —protestó el conquense—. Nada tiene que ver una cosa con otra. Por aquel tiempo estábamos en guerra con Canoabó, que había matado a docenas de los nuestros, y sabido es que me presenté en su campamento sin avisar, le invité a subir a mi caballo, y escapé con él acosado por más de quinientos de sus guerreros fuertemente armados.

—En Xaraguá también había guerreros.

—En son de paz. Y Anacaona es una indefensa mujer que os había invitado como embajador de una potencia amiga. Fue una traición.

—Moderad vuestra lengua.

—La moderaré si aceptáis de buen grado que nada tiene que ver una acción con la otra. —Ojeda hizo una corta pausa—. Aunque poco importa lo que aquí discutamos. —De nuevo se interrumpió como si con ello quisiera cerrar un apartado de la entrevista e iniciar otro completamente diferente—. A lo que he venido es a suplicaros que me comuniquéis vuestras intenciones con respecto a Anacaona, para saber hasta qué punto afectará a mis planes.

—¿Es que acaso pensabais volver a convertirla en vuestra amante? —fue la malintencionada pregunta.

—Os recuerdo que la Princesa nunca fue amante del Gobernador de Coquibacoa, que es quien os visita.

—Entiendo —admitió Ovando resabiado—. Pero lo que no entiendo es cuáles son esos planes, si me consta que estáis en la ruina, y en el caso de que existan, qué tienen que ver con ellos la Princesa.

—Mi ruina, asunto mío es —le hizo notar el otro—. Que varias veces estuve en idéntica situación y otras tantas me vi al frente de poderosos ejércitos o armadas, y en cuanto a la Princesa, del trato que le deis dependerá en gran parte la actitud que adopten los indígenas de Coquibacoa.

—¿Qué tiene que ver una cosa con la otra? —se sorprendió el Gobernador de La Española—. Ni siquiera tengo idea de dónde está semejante lugar.

—Justo al Sur, en «Tierra Firme». Y os recuerdo que muchos habitantes de esta isla han huido contando con el trato que aquí se les ha dado. Si a ello se añade una traición en tiempo de paz, y tal vez un trágico final para la Princesa, tened por seguro que ni un solo nativo de este Nuevo Mundo nos recibirá jamás amistosamente. Tendremos enemigos dondequiera que vayamos.

—Me ordenaron pacificar La Española —fue la seca respuesta—. Lo he conseguido y no creo que deba preocuparme de problemas que no me atañen, y que se me antojan lejanos e improbables. Y tened muy presente que para que Vos u otros como Vos, puedan conquistar nuevos territorios, es necesario ante todo disponer de una base segura aquí en la isla. Me limito a hacer mi trabajo.

—¿Como en el caso del desastre de la Gran Flota? —lanzó su dardo Ojeda—. Os recuerdo que allí también cumplíais órdenes, pero que si hubierais prestado atención a quien tenía más experiencia que Vos, nadie habría muerto.

El Gobernador Fray Nicolás de Ovando pareció a punto de perder los estribos y hacer sonar la campanilla para que se llevasen de allí a aquel minúsculo deslenguado que empezaba a insolentarse más de lo que resultaba lógico aceptar, pero los acontecimientos de los últimos tiempos le habían enseñado a contenerse y a meditar tres veces sus decisiones, convencido como estaba de que sus bruscos golpes de soberbia se habían transformado con el paso del tiempo en su peor enemigo.

El peso de la fama del Capitán Alonso de Ojeda seguía influyendo de modo muy negativo sobre su ánimo, y tenerle allí, sentado ante él, consciente de que la espada que colgaba de su cintura había segado en buena lid docenas de vidas y parecía dispuesta a acabar con muchas más, le impulsó a ser paciente, esforzándose por conseguir que el tono de su voz no demostrase hasta qué punto aquel odioso hombrecillo conseguía sacarle de quicio.

—No creo que debáis ser Vos, sino sus Majestades, quien juzgue mi forma de actuar —dijo al fin con helada tranquilidad—. Del mismo modo que no debo ser yo quien juzgue el modo en que decidáis llevar adelante la conquista de vuestra gobernación. —Hizo una corta pausa y se puso en pie indicando con ello que daba por concluida la entrevista—. Tomaré las decisiones que considere oportunas lamentando si en algo os afectan, pero nada más puedo hacer al respecto.

—¿Y si os suplicara, amistosamente, que no atentarais contra la vida de la Princesa hasta haber consultado con los Reyes?

—Lo tendría en cuenta, pero nada os prometo.

—Ejecutar a una mujer como Anacaona no es algo que contribuya a acrecentar el brillo de la Corona —le hizo notar el otro.

—Ni a opacarlo cuando se trata de un enemigo declarado. Y ella lo es.

—Aunque lo fuera. ¿Qué pueden importar unos meses de retraso en tal decisión?

—Mucho, si a los suyos se les ocurre la idea de iniciar una revuelta con intención de liberarla. Nadie se arriesga por un muerto.

Cuando media hora más tarde Alonso de Ojeda se reunió con *Cienfuegos* y Núñez de Balboa en la «Taberna de los Cuatro Vientos», ni siquiera intentó ocultar su pesimismo, y necesitó echarse al coleto un par de vasos de vino antes de dar cumplido informe de la desesperanzadora entrevista.

—La matará —fue su negra conclusión—. Y nada podremos hacer por evitarlo.

—¿Y Castreje? —quiso saber Balboa.

—Lo tanteé en el Alcázar. No moverá un dedo si no es por dinero. Mucho dinero.

Hizo un gesto al mozo de la taberna para que trajera una nueva jarra, y en el momento en que éste la estaba depositando en la mesa, una autoritaria voz ordenó roncamente:

—¡Daos preso!

Los cuatro pares de ojos se clavaron interrogantes en el altivo oficial que se encaraba a ellos con la mano en la empuñadura de su espada.

—¿Qué ocurre, Pedraza? —inquirió Balboa molesto—. ¿Acaso el que os hayan ascendido a Capitán os ha sorbido el seso?

El aludido señaló con gesto acusador a *Cienfuegos.*

—Ese hombre está condenado al destierro, y la pena por desobediencia es la horca.

—¡Qué manía con colgar a la gente! —se lamentó Ojeda—. ¡Ni que fueran jamones! —Se dirigió al recién llegado como quien se dirige a un estúpido—. ¿Es que acaso no veis que está conmigo?

—¿Qué importa eso? —quiso saber el aludido—. La Ley es la Ley.

—Y mi espada es mi espada —gruñó el de Cuenca—. Quitad la mano de la empuñadura de la vuestra, o daos por muerto.

Era cosa sabida que Alonso de Ojeda jamás amenazaba en vano y que si se decidía a desenvainar su arma corría la sangre, por lo que no fue de extrañar que el recién ascendido Capitán Pedraza cambiara de color, abriera los brazos como dando a entender que no tenía la más mínima intención de provocar al pequeñajo, y señalara al fin con un hilo de voz que denotaba su profundo nerviosismo:

—No deberíais proteger a un fugitivo de la Justicia —dijo—. Y alguien sobre cuya cabeza pende una pena de destierro no puede sentarse en una taberna de la capital y pretender impunidad tan sólo por ser amigo vuestro.

—En eso tenéis toda la razón —admitió el de Cuenca en tono conciliador—. Y no volverá a repetirse. Si me concedéis la merced de hacer la vista gorda en esta ocasión, os doy mi palabra de que mi amigo abandonará de inmediato la ciudad y, en cuanto sea posible, la isla.

—¿Palabra de caballero?

—Palabra de Alonso de Ojeda, que es mucho más que eso.

No hacía falta ser muy astuto para comprender que el Capitán Pedraza estaba deseando salir de la forma más airosa posible de la peligrosa situación en que se había metido, y aquélla era la mejor solución que podían ofrecerle.

—¡De acuerdo! —dijo en el tono de quien le está perdonando la vida a su enemigo—. Le doy de plazo hasta la puesta de sol.

—¡Mendrugo! —fue el despectivo comentario de Ojeda, en cuanto le vio abandonar el local—. Es un mendrugo y un «lameculos», pero por desgracia tiene razón y ni siquiera yo puedo enfrentarme al Gobernador aquí en la isla. —Lanzó un reniego para volverse a *Cienfuegos*—. Debéis marcharos si no queréis que os cuelguen —concluyó.

—No puedo abandonar a la Princesa —protestó el gomero.

—Si Ovando se entera de que intentáis salvarla, le haréis un flaco favor —intervino Balboa—. Estoy de acuerdo con Ojeda; aquí corréis peligro.

El canario meditó largamente mientras sus compañeros y el mozo de la taberna le observaban en silencio, y tras sopesar los pros y los contras de la comprometida situación, llegó a la conclusión de que una vez descubierta su presencia en la capital era sólo cuestión de tiempo que Pedraza o cualquier otro le apresara, con lo cual no sólo no sería de ninguna utilidad a *Flor de Oro*, sino que incluso podría conducir a un auténtico desastre a su familia.

—¡Está bien! —susurró al fin volviéndose a Alonso de Ojeda—. Me iré de la ciudad, pero no estaré muy lejos. En la selva nadie podrá encontrarme.

—Os equivocáis —intervino el mozo, un hombre flaco, con el rostro marcado por profundos surcos, y ojos que brillaban como ascuas—. El Gobernador ha ordenado que patrullas fuertemente armadas recorran los alrededores por si los salvajes tratan de poner en libertad a esa tal Anacaona.

Alonso de Ojeda alzó el rostro y le observó de hito en hito.

—¿Y a ti quién te ha dado vela en este entierro? —quiso saber.

—Nadie —admitió el otro sin sombra de humildad—. Pero no he podido evitar oíros, y creo que podría seros de utilidad. —Señaló al cabrero con un gesto—. En mi casa no le buscarían.

—¿En tu casa? —repitió *Cienfuegos*—. ¿Y por qué tendrías que arriesgarte a que te ahorquen por ocultarme? Es la ley.

—¡Mucho me importan a mí las leyes! —replicó el mozo encogiéndose de hombros—. Jamás las tuve en cuenta, y me consta que mejor me irá en la vida ayudando al famoso *Brazofuerte*, al loco Balboa, y al mítico Ojeda, que acatando las leyes del cretino Ovando.

Balboa no pudo evitar una corta carcajada y con un amplio gesto señaló a los que se sentaban en torno a la mesa:

—¡Míranos bien! —pidió—. Entre los tres apenas reunimos para pagar lo que estamos bebiendo. ¿En realidad crees que obtendrás algo de nosotros?

—No hoy, desde luego... —admitió el flaco—. Ni mañana. Pero si he venido hasta Las Indias ha sido para participar en viajes y conquistas, no para ser mozo de taberna o siervo de Ovando. Aspiro a grandes proezas y presiento que las alcanzaré más fácilmente junto a caballeros de armas, que a mercaderes o políticos. —Hizo una corta pausa y colocó la palma de la mano sobre la mesa como si lo hiciera sobre la Biblia—. Si afirmo que esconderé y protegeré a este hombre, podéis jurar que nadie le pondrá la mano encima sin haber pasado sobre mi cadáver.

—Te creo —señaló Ojeda convencido—. En verdad te creo. Tienes cara de saber lo que quieres. ¿Cómo te llamas?

—Pizarro —fue la sencilla respuesta—. Francisco Pizarro.

Muchos años más tarde, cuando la lógica presencia de la muerte le obligó a volver la vista atrás para pasar revista a los acontecimientos que habían marcado su existencia, el canario *Cienfuegos* no pudo, por menos que preguntarse hasta qué punto estaban ligados el simple azar y los más brillantes destinos, y cómo era posible que el futuro de los hombres, e incluso de las naciones, dependiera a menudo de detalles en apariencia intrascendentes.

Si aquella tarde, Ojeda, Balboa y él no se hubieran reunido en la «Taberna de los Cuatro Vientos», o si el estúpido Capitán Pedraza hubiera hecho su aparición en el momento en que el mozo que servía las mesas atendía a cualquier otro cliente, probablemente aquel tipo flaco hasta parecer famélico, de ojos brillantes y palabra agresiva, jamás hubiese entrado en relación directa con Don Alonso de Ojeda, éste no habría acabado por confiar en él hasta el punto de nombrarle su lugarteniente, y su lenta pero inflexible carrera de hombre de armas con una voluntad de hierro, no habría acabado por convertirle en el Adelantado que, siendo ya casi un anciano, habría de llevar a cabo la más increíble hazaña de la Historia de la Humanidad al conquistar con la única ayuda de un puñado de locos el fabuloso imperio del Perú con sus más de seis millones de habitantes.

—Llegué con el último viaje de Colón —le había contado Pizarro en la única ocasión en que habló sobre sí mismo durante todo el tiempo que se trataron—. Y mi intención era seguir con él hacia el Cipango y el Catay pero me abandonó aquí.

—¿Por qué?

—A todos los que habíamos cogido las fiebres, nos desembarcó a unas veinte leguas, en Puerto Hermoso, la noche antes de la terrible tormenta que hundió la Gran Flota.

—Tuviste suerte.

—¿Suerte? —se asombró el otro—. Yo me enrolé para participar en fabulosas aventuras, no para que me dejaran tirado como un perro en una isla que no ofrece la más mínima oportunidad de hacer fortuna. En Trujillo cuidaba cerdos y aquí soy mozo de taberna. ¿Acaso es progreso?

—Hay que tener paciencia —replicó el gomero casi por decir algo.

—¿A mi edad? —inquirió Pizarro con ironía—. A estas alturas debería ser por lo menos Capitán si aspiro a algo, y aún ni siquiera me puedo considerar auténtico soldado. ¡Ni espada tengo! Tan sólo un trapo con el que limpiar las mesas.

—Ojeda es Capitán y tiene espada, pero su casa es aún peor que la tuya —le hizo notar *Cienfuegos*.

—Pero le queda el orgullo de ser Alonso de Ojeda, y eso no se lo quita nadie. Es noble, y culto, y famoso. —Agitó la cabeza—. Y respetado. Yo también soy hijo de un noble, pero bastardo.

—No es culpa tuya.

—No. Ser bastardo no es culpa mía. Pero sí lo es no haber aprendido a leer y escribir en todos estos años.

—Para eso siempre estarás a tiempo.

—Para eso tal vez, pero no para conseguir fama y respeto. —Chasqueó la lengua como burlándose de sí mismo—. Para colmo de males, cuando al fin consigo embarcarme con el descubridor del Nuevo Mundo y voy en pos de la gloria, agarro unas putas fiebres.

—No sé si estoy muy acertado en lo que voy a decirte —puntualizó el cabrero—, pero por lo que he podido aprender en estos años, la gloria no se deja alcanzar por quien más la persigue o la merece, sino por quien ella quiere. Al fin y al cabo, es mujer.

—Tal vez sea como dices, pero no por ello cejaré en mi empeño —fue la respuesta—. Cuando se viene de donde incluso tus propios hermanos son muy superiores a ti, puesto que pueden alardear de su origen y fortuna mientras que tú tienes que agachar la cabeza porque no eres más que el hijo de una fregona, la única salida que te queda es llegar a ser alguien en la vida, aunque sea a base de dejarte la piel en el intento.

—No deberías culpar a tus padres por tu origen, puesto que si no fuera por ellos, no estarías aquí. —*Cienfuegos* se encogió de hombros como dando a entender que preocuparse por algo así no merecía la pena—. Más vale ser hijo de fregona y caballero, que no haber nacido. Te lo digo por experiencia, puesto que hasta donde sé de mí, mi madre era una cabrera semisalvaje y mi padre el Señor de La Gomera. Como ves, nací tan bastardo como tú, y hasta no hace mucho era también analfabeto.

—Mal de muchos consuelo de tontos.

—Dudo que seas de los que buscan consuelo —le hizo notar el gomero—. Ni aun de los que precisan justificaciones.

No lo era, desde luego, pues aquellos que buscan consuelo a sus desgracias o justificaciones a sus actos no suelen conquistar imperios, y Francisco Pizarro parecía tener muy claro que si deseaba llegar a algo en un Nuevo Mundo en el que centenares de desgraciados como él pretendían hacer fortuna, su único camino estribaba en convertirse en el más audaz y el menos escrupuloso.

Admiraba a Ojeda, al igual que lo admiraban la mayoría de los aventureros de su época, que lo tenían como paradigma del valor y la habilidad con las armas, pero estaba convencido de que el conquense era alguien a quien el exceso de prejuicios le impedía llegar a la cumbre.

A poco que hubiese sabido mover algunos hilos, aprovechando su prestigio y el inmenso poder de su protector, el Obispo Fonseca, Alonso de Ojeda podría haberse convertido en el sustituto de Cristóbal Colón en la Gobernación de La Española, pues reunía sin lugar a dudas muchísimos más méritos y experiencia para ello que el ambicioso Bobadilla o el nefasto Ovando, pero sus sueños nunca se centraron en convertirse en el hombre más poderoso del Nuevo Mundo, sino en aquel que lo conquistase pese a que supiera que esas conquistas quedarían más tarde en otras manos.

El extraordinario espadachín nunca pretendió ser dueño de nada, sino tan sólo llegar siempre más allá del próximo horizonte, como si la leyenda que dominaba el escudo de armas de sus soberanos: «Plus Ultra», hubiera sido escrita pensando especialmente en su persona, y si hubiera conseguido ocupar al fin un trono, lo más probable es que no hubiese permanecido en él más que el tiempo necesario para preparar una nueva expedición con la que lanzarse a la aventura de conquistar un nuevo trono en que sentarse aunque tan sólo fuera un momento.

Recordando aquellos lejanos tiempos y a sus protagonistas, el cabrero llegó a la conclusión de que lo que en verdad diferenciaba a los tres hombres que se reunieron aquella tarde en torno a la mesa de la taberna, se centraba en el hecho de que Alonso de Ojeda había sido en esencia un soñador, Balboa un descubridor y tan sólo Pizarro un auténtico conquistador.

Aunque a mediados de 1504 no se les podía considerar más que un derrotado, un vago y un mozo de taberna que nada podían hacer para evitar que el Gobernador Ovando ahorcara a la Princesa Anacaona.

—Por dinero baila el oso —sentenció Pizarro a solas con el canario en la amplia y austera choza que ocupaba a media legua de las últimas casas de la capital, río arriba—. Lo sé muy bien porque en mi trabajo oigo muchas cosas, y lo que más oigo son quejas. No creo que haya en estos momentos un solo español en Santo Domingo que esté satisfecho con su suerte, excepto Ovando, y repartiendo un poco de oro se podría encauzar en la dirección oportuna ese descontento, obligando al Gobernador a replantearse el tema de la ejecución.

—¿Cuánto?

—Supongo que bastaría con unos cien mil maravedíes.

—Hace unos meses disponía de esa suma —admitió el gomero—. Pero la invertí en provisiones que traerá un barco. Pretendo establecer una colonia en alguna isla perdida y jamás pude imaginar que un día la necesitaría para algo así.

—¿La gastaríais en una posibilidad tan remota de salvar a esa india?

—¡Desde luego!

—No lo entiendo, pero lo respeto —señaló Pizarro—. ¿Cuánto podrías reunir?

—Unos cinco mil maravedíes como máximo.

—Muchos pagarían el doble por verla balancearse al extremo de una soga.

—¿Quién puede desear tal cosa? —se sorprendió *Cienfuegos*.

—Todos aquellos que aspiran a que los nativos sean considerados esclavos, o al menos siervos a los que no haya que pagar un salario —fue la respuesta—. La caña de azúcar prolifera y puede llegar a convertirse en un negocio fabuloso siempre que se consiga mano de obra barata. Pagando los jornales que exige un español, no resulta rentable.

—No sé qué relación puede existir entre la muerte de Anacaona y un cambio en las leyes —señaló el canario un tanto incrédulo—. La decisión de la Reina a ese respecto parece inquebrantable.

—Pero la Reina no es eterna, y de hecho ya no gobierna con la firmeza de antaño —puntualizó el de Trujillo—. Lo digo por lo que oigo. Hay un jovenzuelo; un tal De Las Casas, que cada noche reúne a su alrededor a un grupo de adeptos a la esclavitud. Imagina que una vez que desaparezcan Anacaona e Isabel sólo será cuestión de tiempo el implantarla.

—¿De Las Casas? —repitió el gomero—. Nunca oí hablar de él.

—Bartolomé de Las Casas —especificó el otro—. Un sevillano, hijo de un tal Casaus de origen francés, que españolizó su nombre, y que acompañó a Colón en su segundo viaje. Por lo visto tiene dinero y muchas influencias entre la gente que rodea a Ovando.

—Me niego a aceptar que exista alguien dispuesto a consentir que se ejecute a una mujer inocente por puro interés económico —musitó *Cienfuegos* con amargura—. Jamás lo aceptaré por más que me lo digan.

—En ese caso jamás comprenderás cómo funciona este lugar —puntualizó Pizarro calmosamente—. Yo no estoy aquí porque me guste sudar a chorros, que me devoren los mosquitos o me asalten las arañas y las serpientes. Ni yo, ni la mayoría de quienes se jugaron la vida cruzando ese gran «charco». Estamos aquí porque dejamos atrás una existencia miserable que necesitábamos cambiar a toda costa. —El trujillano se había acurrucado en un rincón de la estancia abrazándose las piernas en una posición que adoptaba con frecuencia, como si eso le ayudara a concentrarse—. Emigrar constituye un acto desesperado y cuando te encuentras tan lejos de tu casa no te importa quien caiga con tal de conseguir que lo que has hecho tenga un sentido.

—¿Aun a costa de ahorcar inocentes?

—¡Desde luego! —fue la sincera respuesta—. Si te detienen semejantes nimiedades es mejor quedarse a cuidar cerdos.

—¿Realmente serías capaz de aceptar la esclavitud?

—Con los ojos cerrados.

—¿Y si te correspondiera ser el esclavo? —quiso saber el gomero.

—¿Y qué he sido hasta ahora? —replicó el otro con amargura—. ¿Qué recibía de mi padre más que desprecios y un mendrugo de pan a cambio de helarme en invierno o achicharrarme en verano apacentando puercos, para que mis hermanos vivieran en un cómodo caserón y se comieran esos mismos cerdos?

—No todos los que están aquí han pasado por eso.

—Cada cual tendrá su historia, pero cuando les den a elegir entre trabajar para otros, o que otros trabajen para ellos, no creo que abriguen dudas.

No hacía falta ser muy listo para comprender que a Pizarro le sobraba razón, ya que muchos de cuantos aceptaban en aquellos momentos la obligada «igualdad» entre indígenas y españoles lo hacían a regañadientes, y la mayoría eran profundamente racistas pese a que en algunos casos llevasen sangre judía o morisca en las venas.

Los campos dominicanos aparecían inconcebiblemente generosos y de una fertilidad casi inimaginable para un castellano o un extremeño, pero constituían al propio tiempo tierras durísimas de trabajar, con un sol de fuego que abrasaba desde muy entrada la mañana, lo que provocaba que se elevase del suelo un denso vaho de calor húmedo y pegajoso que agotaba a quien no hubiera nacido y se hubiera criado en semejante clima.

Por las noches, un bochorno que no remitía hasta casi el alba, y el asalto de millones de insectos impedía un reposo completo, y si a todo ello se unían fiebres y disenterías que causaban estragos entre los recién llegados, se entenderá por qué razón los españoles no se encontraban en óptimas condiciones a la hora de extraer su justo provecho a semejante vergel paradisíaco.

Pero estaban allí y eran los amos, y un miserable que en su Badajoz o su Soria natal no había sido dueño más que del polvo de sus zapatos, se encontraba de pronto con que le habían adjudicado docenas de hectáreas en las que plantar una caña de azúcar podría hacerle inmensamente rico.

Resulta comprensible que en semejantes circunstancias se negara a aceptar el hecho de que no disponía de brazos con que hacerlo, y que en un gran número de casos volviera los ojos hacia unos nativos a los que la dureza del clima no parecía afectar como les afectaba a ellos.

Al fin y al cabo, unos eran los «conquistadores» y los otros los «conquistados», y ésa era una realidad que un simple Decreto nunca conseguiría cambiar por más que lo intentase.

Corría el rumor de que el Gobernador Ovando tenía en estudio un plan de «Repartimiento de Tierras» a los colonos que aceptasen establecerse de modo permanente en pequeños núcleos urbanos del interior de la isla, consolidando de ese modo el dominio español, «Repartimientos» a los que iría unida una «Encomienda de Indios» a imagen y semejanza de la que había tenido lugar en las Islas Canarias con los nativos guanches.

Este controvertido sistema de la «Encomienda» se basaba en el principio de entregar a los terratenientes un número determinado de indígenas para los trabajos de campo o la mina, con la única obligación de darles techo y comida, y «sobre todo», hacer de ellos unos buenos católicos.

Como se comprenderá, tal sistema no constituía en el fondo más que una hipócrita forma de esclavitud, en la que en lugar de con un salario se pagaba al siervo con «La Palabra de Dios».

Jamás esa «Palabra de Dios» pudo ser considerada como moneda de más fácil aplicación y más extendido uso, pues se podía azotar a un «salvaje» para obligarle a cortar caña de sol a sol, siempre que al final de la jornada se le recompensara con un sermón, un Padrenuestro y dos Avemarías.

A nadie debe sorprender, por tanto, que docenas de inmigrantes que habían llegado a la isla con una mano delante y otra detrás, se mostrasen nerviosos ante la posibilidad de que tal proyecto saliese adelante, y si alguno imaginaba que la Princesa Anacaona constituía un serio obstáculo, estuviese deseando verla colgar de un árbol.

El hecho de que uno de los principales cabecillas del movimiento que con más virulencia intrigaba para que el sistema de «Encomiendas» se pusiese en práctica; el fanático Bartolomé de Las Casas, cambiase años más tarde de opinión, convirtiéndose en fraile dominico y enarbolando con aún mayor fanatismo la bandera de la defensa de los maltratados nativos, de poco habría de servir una vez que el mal estaba hecho, y la fórmula que consiguiera imponer el racista Ovando tomó carta de ley extendiéndose por todos los territorios que más tarde habrían de conquistarse en el Nuevo Mundo.

Su posterior obra redentora, y las implacables acusaciones a la Corona de Fray Bartolomé de Las Casas, fueron el germen de la tristemente famosa «Leyenda Negra Española», pero pocos se han detenido a meditar en el hecho de que él mismo fue uno de los principales artífices de que tal «Leyenda Negra» tuviese razón de ser.

Para el canario *Cienfuegos,* incapaz lógicamente de

captar con una cierta óptica histórica las consecuencias de los acontecimientos que se estaban desarrollando a su alrededor en aquellos momentos, lo único importante era el hecho de que el destino de Anacaona no dependía ya de una supuesta acusación de rebelión contra los invasores, sino de una serie de intereses políticos y económicos que estaban librando una oscura y cruel batalla de la que no alcanzaba a tener una noción demasiado clara.

Salvar a la Princesa de la horca significaba aceptar que los nativos disponían de un líder reconocido y eran dueños de unos derechos inquebrantables, mientras que ejecutarla en público sería tanto como dejar bien sentado que la vida de un «salvaje» —ni aun el más conocido y conspicuo de sus representantes— carecía de valor en la colonia.

En dos palabras, *Flor de Oro* se había convertido en el símbolo del futuro de millones de seres humanos, la mayoría de los cuales tardarían siglos en nacer.

Y todo ello quedaba por desgracia en mano del Gobernador de La Española, Su Excelencia Fray Nicolás de Ovando, Caballero de la Orden de Alcántara.

Balboa se oponía rotundamente al uso de la fuerza para liberar a la cautiva, Pizarro la aprobaba, y Alonso de Ojeda libraba una difícil lucha interior entre su inquebrantable fidelidad a los Reyes y su profundo afecto por la que había sido su amante.

—¡Si al menos pudiera verla! —se lamentó una noche—. Si consiguiera hablar con ella la convencería para que me proporcionase ese oro con que agitar a unos cuantos.

—Olvidadlo —replicó Balboa convencido—. Ovando no permite que nadie se le acerque, y desde luego Vos seríais el último al que se lo consintiera.

—Algún medio habrá —mascultó el conquense.

—¿Acaso sabéis volar? —Ante el silencio de su interlocutor, el extremeño abrió las manos con gesto de impotencia—. En ese caso no hay nada que hacer. La han encerrado en la nueva torre.

—¿Estáis seguro?

—Completamente. Varios indígenas se pasan el día en el descampado que hay detrás, esperando que se asome al ventanuco de su celda.

—¿Está muy alto?

—Unos ocho metros —replicó el otro—. Pero no os hagáis ilusiones —añadió—. Ya he estudiado el terreno y no hay forma de trepar.

—Eso habría que verlo —replicó Ojeda molesto—. Siempre me he considerado un óptimo escalador de fachadas.

—De mansiones de doncellas, imagino... —Sonrió con intención Balboa—. No de prisiones. La pared es lisa, sin puntos de apoyo, ni saliente al que lanzar un garfio. —Lanzó un resoplido—. Y por si fuera poco, una patrulla pasa por debajo cada diez minutos.

El diminuto conquense permaneció un largo rato meditabundo, aunque por sus astutos ojillos cruzó de improviso un relámpago, como si el difícil reto tuviera la virtud de hacerle recuperar su dormido espíritu aventurero.

Por último se quedó observando a *Cienfuegos*, e inquirió zumbón:

—¿En verdad sois tan fuerte como dicen?

A la noche siguiente al canario no le quedó más remedio que demostrarlo, pues apenas la ronda compuesta por tres hombres fuertemente armados dobló la esquina de la torre, surgió en silencio de las sombras, corrió hasta el muro y se apoyó en él afirmando las botas en la hierba.

Vasco Núñez de Balboa le siguió descalzo, se subió a sus hombros para apoyarse de igual forma en el muro, y tras éste llegó Pizarro que compuso el tercer peldaño de la endeble escalera humana. Por último fue el ágil Alonso de Ojeda el que trepó sin que apenas lo notaran, para alzarse sobre las manos del trujillano y lanzar al interior de la celda una gruesa cuerda unida a un ancla que al segundo intento se afirmó a los barrotes de la ventana.

—¡Ya está! —susurró hacia abajo atándose la cuerda a la cintura.

Pizarro se dejó deslizar, Balboa le siguió, y seguidos por el gomero se perdieron de vista en las tinieblas.

A los pocos instantes la patrulla hizo su aparición en la esquina del macizo edificio de piedra para cruzar bajo la celda de Anacaona sin imaginar siquiera que un hombre colgaba en el vacío a ocho metros de altura.

Cuando una vez más se perdieron de vista por el extremo opuesto, Ojeda se alzó a pulso hasta tomar asiento en el estrecho petril de la ventana y susurrar hacia el interior de la celda:

—¡Princesa! ¡Soy yo, Alonso de Ojeda!

Pero la Princesa roncaba.

No es que roncara con el estruendo del borracho, o de quien tiene las fosas nasales obstruidas, sino tan sólo con ese suave rumor del sueño profundo del que resulta a menudo extremadamente difícil despertar.

—¡Princesa...! ¡Por favor, Princesa!

Como último recurso, el de Cuenca se vio en la obligación de abrir su escuálida bolsa, extraer las últimas monedas que le quedaban y lanzarlas hacia el camastro una tras otra hasta que al fin consiguió que *Flor de Oro* abriera los ojos y se aproximara sorprendida a la informe silueta que se apretujaba contra la ventana.

—¿Qué ocurre? —susurró, incrédula—. ¿Quién anda ahí?

—¡Yo: Alonso de Ojeda! Y no ando. Estoy colgado.

—¿Pero qué haces? —se alarmó la otra—. ¡Te vas a matar!

—Estoy atado.

—Lo que estás es loco. ¿Cómo se te ocurre...?

—Necesitaba verte. Vamos a sacarte de aquí.

—¿Quiénes?

—*Cienfuegos* y dos amigos.

—¡El bueno de *Cienfuegos*! —exclamó Anacaona—. Estaba segura de que intentaría algo, pese a que me advirtió del peligro que corría al confiar en Ovando. ¿Cómo está *Doña Mariana*?

—Supongo que bien, pero no es hora de preocuparse más que de ti. —Hizo un gesto para que guardara silencio, pues la patrulla cruzaba de nuevo bajo él, y por último añadió—: Si consiguiéramos dinero podría comprar tu libertad.

—¿Comprar mi libertad? —repitió ella incrédula—. ¡Qué cosa tan absurda! ¿Por qué habrías de pagar por algo que es mío y nadie tiene derecho a arrebatarme?

—¡Oh, vamos! —se impacientó el otro—. Déjate de tonterías que estoy a punto de romperme la crisma. ¿Tienes de dónde sacar dinero?

—¡Naturalmente! —fue la respuesta—. Es más: podría señalarte el lugar exacto en que se encuentra la mayor mina de oro de la isla, pero no pienso hacerlo. Una reina no paga por su vida.

—¿Es que te has vuelto loca? ¡Vivir es lo único que importa!

—Eres el último hombre de quien esperaba oír eso. Vivir sin honor no merece la pena, y si no salgo de aquí con honor, prefiero no hacerlo.

—¡Pero es que te van a ahorcar!

—Es una forma como cualquier otra de morir; rápida y poco dolorosa. Mucho mejor que la vejez, o que una larga enfermedad. —Anacaona cambió el tono de voz, que se hizo serio y profundo—. Yo ya he vivido demasiado, Alonso. Y muy a fondo. Y lo que por lo visto el destino me reserva, no merece la pena. Prefiero acabar ahora.

—¡Bobadas! Aún eres joven. Y hermosa.

—Soy abuela. Y estoy cansada; muy cansada. No quiero acabar como una vieja reliquia que asiste impotente a la aniquilacion de su pueblo. —Hizo una larga pausa en la que acarició con afectos las manos que se aferraban a los barrotes—. Si Ovando me ahorca pasaré a la Historia como la reina que se rebeló hasta el último momento contra la injusticia a que sometían a los suyos, pero si pago por mi libertad, no seré más que otra cobarde entre millones de cobardes sin historia. —Le sonrió con afecto—. ¡Déjalo así! Este final me gusta.

—Me niego a aceptar que a nadie le guste que le ahorquen.

—Será mi venganza —musitó ella—. Si me ejecutan, me convertiré en una mancha indeleble en la memoria de tu pueblo. Pasarán siglos, y cada vez que se hable de la gloria de España, alguien alzará el dedo para recordar que fue capaz de ahorcar a una inocente. ¿No crees que vale la pena a cambio de los años que me quedan de vida?

—Es Ovando el que te ahorca. No España.

—En estos momentos Ovando es España del mismo modo que yo soy Xaraguá. —Ensortijó los dedos en la espesa barba del de Cuenca y susurró con dulzura—: ¡Te he amado tanto! Te he amado desde el día en que te vi aparecer sobre aquel enorme caballo, y por mucho que aborrezca a tu país siempre le agradeceré que me permitiera conocerte. —Sonrió con picardía—. Lo único que necesitaría para morir feliz, es que hiciéramos el amor por última vez.

—Lo veo difícil —señaló Ojeda—. No soy contorsionista.

—¡Siempre el mismo! —Sonrió ella—. El simple hecho de verte, ya me alegra. —Le besó en la punta de la nariz—. ¿Cómo van las cosas por ahí fuera?

—¿Cómo quieres que me vayan estando tú aquí dentro y Ovando en el poder? —Se asombró él por la pregunta—. Mal. Muy mal,

—Isabel es una buena mujer y he oído decir que tenéis dos hijos preciosos. —Anacaona sonrió con amargura—. Me hubiera gustado ser yo quien te los diera.

—Eras demasiado importante para compartir las desgracias de un capitán de fortuna —fue la respuesta—. Pero no es tiempo de hablar del pasado, sino del presente. —Ahora fue él quien le acarició el rostro con el dorso de la mano—. ¡Está bien! —añadió—. Si no quieres pagar, te sacaré de aquí por la fuerza. En un par de noches cortaré estos barrotes.

—¡Olvídalo! No me iré porque no pienso convertirme en una eterna fugitiva.

—*Cienfuegos* y *Doña Mariana* te llevarían con ellos.

—¿Adónde? ¿Al destierro? ¡Jamás!

Alonso de Ojeda quiso protestar pero se interrumpió haciendo un gesto para que ella también enmudeciera, porque en la esquina había hecho su aparición la figura de una mujer pequeña y regordeta, que avanzó sin prisas para detenerse a orinar a unos tres metros de la vertical de la ventana a la que se encontraba aferrado.

Aguardaron pacientes confiando en que concluyera y continuara su camino, pero no sucedió así, porque la desconocida se limitó a apoyarse en el muro y esperar hasta que los tres soldados doblaron la esquina y llegaron a su altura.

Al parecer era aquél el ritual que debía tener lugar casi cada noche, puesto que tras un corto cuchicheo y unas risas, dos de los soldados continuaron su ronda mientras la mujer se tumbaba tranquilamente sobre una manta que había extendido sobre la hierba y abría las piernas.

El soldado comenzó de inmediato una entusiasta faena, gruñendo y resoplando, y el desconcertado Ojeda tuvo que agitar repetidas veces la cabeza como desechando un mal pensamiento o negándose a aceptar que le obligaran a ser tan privilegiado testigo de la singular escena.

Dos tristes farolas brillaban en las esquinas y la claridad que daban apenas permitían distinguir lo que ocurría allá abajo, pero resultó evidente que el punto de vista de la mujer era mucho mejor, puesto que de pronto pareció reparar en el extraño bulto que se recortaba contra el cielo sobresaliendo de uno de los ventanucos de la prisión.

El de Cuenca se aplastó todo lo que pudo dentro de su diminuto refugio, pero no le cupo duda de que la gorda le había visto, ya que pareció desentenderse por completo de los afanes amorosos de su pareja, preguntándose sin duda qué era lo que colgaba allá arriba.

No hizo sin embargo el menor comentario, limitándose a permitir que su compañero acabara de estremecerse lanzando un par de lamentos, permaneciendo muy quieta mientras el hombre se ponía en pie y se ajustaba los calzones casi en el mismo momento en que sus compañeros de ronda hacían su aparición por la esquina.

—Me temo que se va a organizar la de Dios —susurró Ojeda al oído de *Flor de Oro*—. Espero que los de abajo acudan en mi ayuda, o me van a cazar como a un pollo en el nido.

Pero no ocurrió lo que temía, puesto que cuando los soldados llegaron a la altura de la pareja, uno de ellos comenzó a desabrocharse el cinturón, mientras el que ya había concluido ocupaba su puesto.

—¡Mierda! —exclamó Ojeda casi para si—. Es capaz de tirárselos a los tres.

Así fue, en efecto, y por segunda y tercera vez tuvo que ser testigo de una escena cuyo punto culminante llegó en el momento en que la prostituta, convencida de que quien estaba allá arriba era un hombre, se dedicó a saludarle con la mano a espaldas de un cliente que permanecía ajeno a todo, inmerso en su entusiasta trabajo.

Agazapados entre los matorrales, a no más de veinte metros de distancia, *Cienfuegos*, Balboa y Pizarro dudaban entre intervenir arma en mano, o estallar en carcajadas al imaginar la expresión del rostro de Ojeda en el momento de devolver el cómplice saludo suplicando que no le delatara.

Quince minutos más tarde la gorda se alejó agitando el brazo sobre su cabeza sin siquiera volverse, y tras esperar el próximo paso de la patrulla, los tres hombres corrieron al muro para organizar de nuevo la torre humana y rescatar al agotado Ojeda que se deslizó hasta el suelo lanzando sapos y culebras en el colmo de la indignación.

—¡La madre que la parió! —exclamó cuando al fin pudo ponerse en pie ya que las piernas le flaqueaban tras permanecer tanto tiempo en tan incómoda posición—. ¡El mal rato que me ha hecho pasar la muy puta!

Entre el canario y Balboa tuvieron que llevárselo en volandas, pues se diría que se le habían entumecido los músculos o la indignación le impedía dar un paso, y tan sólo cuando al fin se dejó caer en un rincón de la cabaña de Pizarro pareció recuperarse rompiendo a reír nerviosamente.

—¡Golfa! ¡Si la cojo la mato! —mascculló entre indignado y divertido.

—Gracias debemos darle por no haberte delatado —señaló Balboa—. Es Agustina Carmona, una granadina especializada en la tropa a la que debo cinco maravedíes.

—¿Y a quién no? —quiso saber Ojeda.

—Dejemos eso —intervino el gomero—. ¿Qué ha dicho la Princesa?

—Que prefiere la horca.

—¡Bromeáis!

—¡En absoluto! Ni ella tampoco. —El de Cuenca hizo una corta pausa y acabó por encogerse de hombros—. Y a fe que la entiendo. Si le dan a elegir entre convertirse en una hermosa reina que sufrió martirio, o una vieja fugitiva que arrastra sus achaques por tierras desconocidas, opta por lo primero. —Chasqueó la lengua—. Creo que yo haría lo mismo.

—¡Absurdo! —protestó Balboa—. Pura palabrería.

—Lo dudo.

—Y yo... —señaló *Cienfuegos*—. Estoy de acuerdo en que más vale morir a tiempo, aunque sea en la horca, que vivir de recuerdos. —Les observó uno por uno—. ¿Qué vamos a hacer ahora? —quiso saber.

Alonso de Ojeda, Vasco Núñez de Balboa y Francisco Pizarro se miraron, y resultó evidente que ninguno de los tres tenía respuesta válida alguna.

—Mi nombre es Méndez; Diego Méndez de Segura, y en estos tiempos que corren, y en los que quienes más le tienen que agradecer reniegan de él, no me avergüenza admitir que soy fiel servidor de Su Excelencia el Almirante Don Cristóbal Colón, por quien lo daría todo, incluso la vida, que ciertamente me he visto obligado a arriesgar por salvar la suya en múltiples ocasiones.

»Estúpido no me considero, ni sordo o ciego, y aun admitiendo, como admito, que son muchos y graves sus defectos, seguro estoy de que cuando de la memoria de los Reyes —cuyas vidas guarde Dios muchos años— y de los intrigantes y villanos que tanto le ofenden y menosprecian, no quede ni siquiera el polvo del olvido, aún se hablará con respeto y devoción de mi Señor Don Cristóbal, pues antes se acabará el mundo que se acallarán los ecos de cuanto de maravilloso ha realizado a lo largo y ancho de su prodigiosa existencia.

»Dicho esto, y advertido como estáis de cuáles son mis sentimientos hacia el Virrey, me esforzaré por relatar de la forma más objetiva posible, la historia de su Cuarto y más terrible viaje, y del que me correspondió ser amargo protagonista, así como os aclararé las razones por las que llegué a estas olvidadas tierras de Xaraguá, en las que aún permanezco en tan mísera condición.

»Sabed que partimos del puerto de Cádiz hace ya casi dos años, y que si bien los vientos nos fueron propicios y todo marchó a pedir de boca en un principio, la fortuna comenzó a esquivarnos a partir del momento en que mi Señor decidió poner rumbo a La Española, pese que sus Majestades le habían prohibido con gran empeño y autoridad que intentara tal cosa bajo ninguna circunstancia.

»El exceso de orgullo, y la incapaciadad de acatar una orden ni aun viniendo de reyes, es uno de esos defectos capitales de mi Señor a que antes aludía, y bien sabe Dios que le rogué en todos los tonos para que desistiese de tan incongruente visita.

»Por si no bastaran las reales advertencias, los cielos nos enviaron a su vez serios avisos, mas desoyéndolos de igual modo, el Almirante dejó caer sus anclas frente a Santo Domingo con la intención de demostrar a sus múltiples enemigos que volvía a estar al mando de una Flota Real y seguía siendo por tanto «Virrey de Las Indias».

»Gran pedante sin duda, pero genial marino, comprendió no obstante que el huracán que se avecinaba opacaría su gloria en un instante, por lo que buscó abrigo seguro en Puerto Hermoso, donde desembarcamos a unos cuantos enfermos, y asistimos a la terrible catástrofe de la Gran Flota que Ovando envió al mar desoyendo los sabios consejos de mi Señor Colón.

»¡Tanta muerte inútil por mero rencor personal o celos políticos!

»Tras la tormenta, y con la mar aún agitada, seguimos viaje a Jamaica, donde todo se trocó en gran calma con fuertes corrientes que nos empujaron hasta ese piélago de islas que han dado en llamar Jardín de la Reina y que a mi modo de ver constituye la auténtica antesala al Paraíso.

»Seguimos desde allí, rumbo sudoeste, hacia el soñado Cipango y el Catay, pero con lo único que tropezamos fue con una interminable costa azotada por una galerna de tal calibre, que en setenta días apenas avanzamos el mismo número de leguas.

»Tres meses nos zarandeó la tempestad, Señor, ¡tres largos meses!, y puedo aseguraros que en todos mis años de navegar, que muchos son, y todo cuanto he oído contar a esos viejos marinos que tanto suelen exagerar, jamás vi, ni nadie mencionó siquiera, borrasca remotamente parecida, pues dejó los navíos como pingajos de feria tras la lluvia, y a sus tripulantes tan alicaídos, aterrorizados y enfermos, que de ciento cuarenta hombres no quedábamos ni diez con fuerzas suficientes como para izar una vela.

»Ochenta y ocho días sin ver ni el sol ni las estrellas, vagando sobre un mar gris y encrespado, bastan para desorientar incluso a quien, como el Almirante, parece tener espíritu de paloma mensajera, y casi milagro se me antoja que a aquellas alturas aún nos mantuviéramos a flote y a la vista los unos de los otros, aunque ignorantes de nuestra posición, rumbo y destino.

»A falta de sacerdotes, los hombres se confesaban entre sí, rezando a todas horas y haciendo peregrinas promesas de imposibles peregrinaciones a lejanos Santuarios si el Altísimo tenía a bien permitirles escapar con vida de semejante trance, y mi Señor sufría como jamás le he visto sufrir, a causa de los padecimientos de su desgraciado hijo Fernando, enfangado contra su voluntad en tan nefanda aventura cuando aún no contaba más que trece años.

»Alcanzamos al fin un cabo que nombramos «Gracias a Dios», pues en bordeándolo sobrevinieron las calmas, y a fe que ver salir de los sollados a aquellas gentes, era como ver emeger a los muertos de sus tumbas.

»Pero si lamentable era el aspecto de los hombres, indescriptible era a mi modo de ver el de las naves, pues con el velamen hecho trizas, destrozadas las jarcias y abiertos los cascos, ni aun el mismísimo Almirante entre los Almirantes conseguía gobernar semejantes gabarras desvencijadas.

»Buscamos refugio en un lugar que los nativos llaman Cariay, donde primero se atendió a la salud de los tripulantes para que éstos pudieran a su vez sanar los buques, y fue allí donde al fin entendí hasta qué punto era majestuoso y mísero el destino de mi Señor Colón, Virrey de Las Indias y Almirante de La Mar Océana, pues pese a la pomposidad de tales títulos y la innegable grandeza de su persona y de cuanto había llevado a cabo a lo largo de su azarosa existencia, aparecía con el jubón raído y el semblante famélico, perdido en la más perdida de las tierras ignotas, al mando de cuatro pedazos de madera putrefactos, y Comandante en Jefe de un centenar de sombras a punto de sucumbir bajo el feroz asalto de un ejército alado en aquella costa plagada de mosquitos.

»Nada tenía, ni allí, ni aun en España: ni tan siquiera un muro de ladrillos que le brindara sombra, o una teja que le cubriera de la lluvia; nada en ninguna parte, excepción hecha de sus sueños, pero los sueños de mi Señor bastan, Señor, para cubrir de oro todos los muros y los techos del planeta.

»Sueños o realidad, jamás conseguiré saberlo, puesto que él era el único que al parecer se entendía con los «desnudos» en su curiosa jerga, y se excitaba al traducirnos que —según los salvajes— a diez días de marcha hacia Poniente, existía un lugar, Veragua, en el que el oro abunda como los guijarros en los ríos, hasta el punto de que se empleaba en forrar mesas y arcones, y a menudo las mujeres andaban inclinadas de lo mucho que les pesaban los collares, anillos y pendientes.

»También le hablaron al parecer de un país de gentes vestidas, que tienen grandes casas, naves con bombardas y carros de guerra tirados por caballos, y añadieron que de allí en otras diez jornadas de marcha hacia el Oeste, se alcanzan las bocas del Ganges, que como sabréis es el río más sagrado y más importante de la India.

»De ésas y otras muchas maravillas que mi Señor Colón describe prolijamente en una larga carta que me entregó para que entregase a mi vez a sus Majestades, escuché hablar con largueza y gran lujo de detalles, aunque en honor a la verdad personalmente tan sólo alcancé a ver a media docena de nativos emplumados que hacían aspavientos, gruñían como cerdos, y mostraban mucho más entusiasmo por nuestras herrumbrosas espadas, que por las fantásticas armaduras de oro a que hacían continuas referencias.

»Cabría achacarlo al hecho de que cuando ya los hombres se encontraban lo suficientemente repuestos como para pensar en organizar una expedición a «Tierra Firme» en busca de aquellas minas de oro inagotables, volvió el mal tiempo y como el refugio no era seguro y rompíamos amarras, nos vimos obligados a hacernos a la mar en demanda de puerto más idóneo.

»Harto difícil empeño es ése por aquellas latitudes, Señor, y el viento nos trajo y nos llevó de nuevo a su capricho; de adelante atrás y de atrás adelante, sin rumbo ni destino, con olas como montañas que a cada embate amenazaban con tragarnos, y así durante días y semanas, sin cesar de llover torrencialmente un sólo instante, y debe ser aquella la cocina donde se cuecen todas las galernas de este mundo y desde donde se sirven una vez comprobada su eficacia.

»Cuesta trabajo aceptar que tal cúmulo de desgracias se ceben al tiempo sobre tantos inocentes, pero así fue.

»Quién nos maldijo o qué nefasto gafe llevábamos con nosotros jamás conseguiré averiguarlo, pero la marinería se pasaba los días y los meses tratando de descubrir qué persona o qué cosa atraía sobre sí tantas fuerzas ocultas, y más de uno aseguró que se trataba de aquella nefasta nao, *La Gallega*, que jamás navegó como Dios manda, ni obedeció a más timonel que su mero capricho.

»Fuera como fuera, Señor, lo cierto es que el año se nos fue en idas y venidas hasta el punto de perder toda noción del tiempo y del espacio, y en semejante vagabundear empujados por galernas aún continuaríamos, a no ser por el hecho de que un buen día descubrimos que los navíos estaban carcomidos por la broma: un extraño gusano de estos mares, Señor, una pequeña bestia de feroces mandíbulas que taladra los cascos formando millones de minúsculas galerías que acaban por convertir la más gruesa madera en un pedazo de pan enmohecido.

»Era como navegar sobre papel, y un simple pisotón en la sentina hubiese bastado para abrir una vía de agua catastrófica, por lo que el Almirante tomó la decisión de emprender el regreso a La Española puesto que de lo contrario allí nos hubiéramos quedado para siempre.

»Me consta que su más íntimo deseo era internarse en «Tierra Firme» en busca de las fastuosas riquezas de Veragua, pero antepuso su deber de Comandante de la Flota, al de Descubridor de Nuevos Mundos, y pudo más en él la necesidad de salvar vidas a la avaricia de atesorar riquezas.

»Y si mala fue la ida, os juro que terrorífico fue el regreso, dado que ni las naves eran ya naves, ni sus tripulantes, tripulación, ni nada nos empujaba a seguir, más que la necesidad de no morir bajo aquella eterna lluvia cálida y pegajosa.

»Llegamos justo hasta la costa norte de la isla de Jamaica, y si lo conseguimos fue tan sólo gracias al tesón y la sabiduría del Almirante, pues era tan pobre y desvencijada la andadura de las maltrechas naos, que pasábamos días enteros sin avanzar un sólo metro en la dirección correcta, ya que las bodegas se iban anegando ante nuestros propios ojos, y ni aun con todos los hombres achicando día y noche, conseguíamos mantener la línea de flotación a un nivel aceptable para las más mínimas necesidades de maniobra.

»Fue aquél, a mi modo de ver, el «Suplicio de Tántalo» del que tanto se habla, pues a la vista ya de tierra, las corrientes nos alejaban de continuo, y en aquella eterna lucha de achicar, izar, orzar y rezar para no irnos a pique pasamos dos semanas sin conseguir arrimarnos a puerto.

»A salvo ya por fin tras infinitas penalidades, nos vimos en la obligación de varar las naves en la arena porque sobre las aguas no se hubieran mantenido a flote ni siquiera otra noche, y curioso fue advertir cómo, al encallar, sus bajos se desmigajaban como una hoja seca que al tocarla pasa a convertirse en polvo en un instante.

»Hicimos tratos con indios, que eran pacíficos, y que nos proporcionaron frutas y carne fresca con que cambiar nuestra abominable dieta de tasajo y galletas, y durante las primeras semanas nadie tuvo fuerzas más que para buscar nuevas fuerzas, ni otro pensamiento que no fuera el de no pensar en nada.

»Tanto se habían movido aquellas naves, y durante tanto tiempo, que os aseguro Señor, que ya no sabíamos andar sobre tierra firme y teníamos la sensación de que la isla toda se balanceaba sobre un inmenso pivote.

»Mi Señor deliraba.

»A veces creo que el hecho de dejar a la tripulación a salvo sobre la arena, aunque se tratase de la arena de una isla salvaje, fue su último acto de Almirante y Virrey, pues a partir de aquel instante se hundió en una especie de abstracción de la que resultaba muy difícil sacarle, y en la que a menudo le sorprendí hablando solo, o «discutiendo» con Aristóteles, Tolomeo y Erasmo de temas de religión, política o descubrimientos geográficos.

»Parecía más que obsesionado con la idea de que aquella Veragua que habíamos encontrado en nuestro malhadado viaje se alzaba a las puertas del Cipango y el Catay, pero ofrecía al mismo tiempo riquezas sin fin de las que nadie podía proclamarse dueño y pasarían a engrosar las arcas españolas, pretendiendo aunar de alguna forma, a mi modo de ver incongruente, sus dos grandes ilusiones: la primera, haber llegado a las costas de Asia, demostrando que el mundo era mucho más pequeño de lo que todos aseguraban, y la segunda haber descubierto un Nuevo Continente, con lo cual su anterior teoría se derrumbaba.

»No aceptaré decir, Señor, que estaba loco. Respeto demasiado a Don Cristóbal como para insinuar semejante bajeza, pero no me recato al admitir que la edad, la gota que le hacía sufrir las penas de infierno, y las infinitas calamidades de aquel terrible viaje, le habían transtornado hasta el punto de no encontrarse por completo en sus cabales.

»¿Qué se podía esperar de quien se sabía responsable de tantos hombres hambrientos a los que veía vagabundear sin rumbo por una isla perdida, sin saber con exactitud cómo y cuándo podría sacarlos de allí para devolverlos sanos y salvos a unos hogares que habían abandonado por seguirle en su aventura hacía ya más de un año?

»Una noche me mandó llamar y me pidió que intentase llegar hasta aquí en una piragua tripulada por indios, pero le hice comprender el terrible riesgo que significaba atravesar cuarenta leguas de mar abierto y tempestuoso en una embarcación pensada para no alejarse de la orilla. Suicidio era a mi modo de ver, y estuvo de acuerdo, pero aun si me advirtió que si alguien no partía en demanda de ayuda, allí pereceríamos todos de hambre, abandono y desesperación.

»Insistió una y otra vez en las semanas que siguieron, y como resultó evidente que nadie se ofrecía a llevar adelante tan loca empresa, acabé por hacer de tripas corazón y lanzarme al mar convencido de que ese mar sería mi tumba.

»A última hora, un valiente genovés llamado Flisco se brindó a correr mi misma suerte, y acompañados por seis remeros indios de los que poco nos podíamos fiar, emprendimos el viaje sin más bastimento que unos barriles de agua y algunas frutas, en una frágil embarcación que apenas soportaba una pequeña vela, ni más ayuda que nuestra fe en Dios y el convencimiento de que La Española debía estar en algún lugar del mundo, hacia el Nordeste.

»El Almirante me confió una larga carta para los Reyes, otra para el Gobernador Ovando suplicando humildemente que enviara una nave a rescatarles, y otra para su hijo Diego, que aún vive en España.

»—Contigo van nuestras últimas esperanzas —me dijo—. La de estos hombres que perderán la vida si no vuelves, y la mía propia, que además de la vida, perderé la gloria que tanto esfuerzo me ha costado conseguir.

»Fue un viaje difícil, Señor. Duro y difícil incluso para quienes, como nosotros, habíamos soportado ya tantas y tan terribles galernas.

»Cinco días bajo un sol abrasador y sobre un mar rugiente, y embravecido, consumidos por la sed, el hambre y la fatiga, y aterrados por el hecho de que en cuanto la costa de Jamaica desapareció a nuestras espaldas no tuvimos más compañía que los voraces tiburones.

»Flisco y yo teníamos que turnarnos arma en mano, pues abrigábamos el convencimiento de que en cuanto nos descuidáramos los indígenas nos cortarían el cuello para dar de inmediato media vuelta y retornar a sus hogares, ya que excuso decir que ninguno de ellos realizaba aquel maldito viaje de buen grado.

»Dos murieron en el camino y me vi obligado a arrojarlos al mar aun contra mi voluntad, pues se constituyeron en carnaza que atrajo a muchos más tiburones, y os aseguro que cuando al fin distinguimos en la distancia la cumbre de la isla de La Navata que anunciaba la proximidad de La Española, y en cuyos charcos encontramos agua dulce con que calmar nuestra sed, lo atribuí a un auténtico milagro, pues jamás cruzó por mi mente la idea de que semejante locura pudiese tener buen fin.

»Ya en La Española tuve noticias de que el Gobernador se encontraba aquí, en Xaraguá, corrí a su encuentro y me entrevisté con él cuando acababa de apresar a la Princesa Anacaona. Le hice ver la terrible situación y el peligro de muerte en que se hallaban tantos españoles, incluido el Virrey de Las Indias, pero ante mi sorpresa, no se apresuró a enviar ayuda, sino que incluso me prohibió continuar viaje a Santo Domingo, obligándome a permanecer en Xaraguá sin contarle a ninguno de sus hombres cuanto a él le había contado.

Bonifacio Cabrera, que había escuchado en recogido silencio la larga exposición de tantas desventuras, lanzó un hondo suspiro de fatiga.

—¡Por Dios que habéis conseguido impresionarme! —señaló—. Tanto por la magnitud de los padecimientos que me habéis relatado, como por la inconcebible actitud de un hombre, que diciéndose cristiano, se resiste a acudir en auxilio de quienes tanto lo necesitan.

—Ovando es un ser mísero, servil y abominable que lo único que anhela es castigar al Almirante por haberse permitido la osadía de ser tan grande pese a haber nacido plebeyo. Debieron enseñarle que Dios creó a los nobles para ser admirados, y al resto de los hombres para ser despreciados, y se resiste a admitir que tales principios puedan trastocarse. Dejar que Colón se pudra en Jamaica es la mejor forma que conoce de conseguir que las cosas vuelvan a su cauce.

—¿Pero qué dirán los Reyes?

—Los Reyes están muy lejos. Por eso no me permite ir a Santo Domingo. Sabe que allí encontraría el modo de embarcar hacia España, y que al leer la carta que me entregó mi Señor, Doña Isabel enviaría de inmediato en su busca. Ella sabe muy bien que Don Cristóbal Colón no debe morir abandonado como un perro.

—Dicen que la Reina ya casi no gobierna, enferma por culpa de los quebrantos que le proporciona la frágil salud mental de su hija Juana, de la que muchos aseguran que en verdad está más loca que una cabra.

—Aun en su lecho de muerte a la Reina le quedaría un último aliento para ordenar que rescaten a mi Señor, pues le consta que sus glorias van tan unidas como la mano al brazo o la cabeza al cuerpo. La Historia para nosotros es algo intangible, pero para Isabel es parte de su vida, y no puede aceptar una mancha como la que significaría el abandono del Virrey en una isla salvaje.

—Al sur de Jamaica hay una pequeña colonia de españoles que incluso tienen un buen esquife con el que a menudo llegan hasta aquí —señaló el cojo—. Tal vez establezcan contacto.

—Aquella isla es grande, agreste y selvática, y sus diferentes tribus se odian. Colón y su gente están aislados en una pequeña playa, al Norte, y dudo que tengan fuerzas suficientes como para atravesar la isla. Debo ser yo quien los rescate, pero nada puedo hacer mientras ese cerdo de Ovando no me permita abandonar Xaraguá.

De regreso al refugio de la isla de Gonave, el renco Bonifacio hizo notar a *Doña Mariana*, que si bien durante su reciente viaje a Xaraguá no había conseguido noticias de *Cienfuegos*, Fray Bernardino, o la Princesa Anacaona, sí había logrado hacer amistad con alguien que mantenía una estrecha relación con el Almirante, y que podía demostrar ante los Reyes la mala fe con que el Gobernador Ovando estaba actuando en los asuntos de la administración de la isla.

—Si el *Milagro* llegara a tiempo, podríamos acudir a rescatar al Virrey —añadió—. Y estoy seguro de que tendría la influencia suficiente como para conseguir que no ahorcaran a *Flor de Oro*, y que Ovando levantara la pena de destierro que pesa sobre nosotros.

—Lo que estás pidiendo no es un *Milagro*, sino muchos —señaló ella con amargura—. Cuanto me cuentas me apena, pues pese a que nunca simpaticé con el Almirante admito que no se merece que tipos como Ovando se permitan hacer con él lo que está haciendo. Por desgracia, el mundo es así, y ya mi padre me advirtió que por cada gran hombre hay siempre un millón de gusanos dispuestos a devorarle. —Lanzó un suspiro de resignación—. Si podemos hacer algo por él, lo haremos, pero quien ahora en verdad me preocupa es *Cienfuegos*.

—*Cienfuegos* sabe cuidar de sí mismo —fue la tranquilizadora respuesta—. Y a poca oportunidad que le den, lo hará también de la Princesa. Sé que volverá, y con un poco de suerte la traerá consigo. Debemos darle tiempo.

Pero el tiempo era algo que se le escapaba a la alemana entre los dedos, y cuando el hombre al que amaba se encontraba tan lejos, ese tiempo volvía a caerle encima como una losa, y una y otra vez buscaba en el espejo aquellas arrugas que le mostraban claramente que su tiempo particular se terminaba.

La vejez, como casi todo cuanto se espera largamente, había llegado cuando menos se esperaba, y la inutilidad de luchar contra quien siempre vence, le producía una sensación de impotencia de la que no podía escapar por más que lo intentara.

Había acabado como mujer, y lo sabía, pero estaba segura de que no había acabado como ser humano inteligente, por lo que tras reflexionar unos instantes señaló con firmeza:

—Busca un indio listo y veloz, que corra a Santo Domingo y sea capaz de localizar a *Cienfuegos*. Le enviaré un mensaje para que haga circular la noticia de que Ovando no sólo tiene retenida ilegalmente a la Princesa, sino que también al mismísimo Almirante Don Cristóbal Colón, Virrey de las Indias. —Hizo una larga pausa en la que parecía madurar las ideas que le rondaban la cabeza—. O mucho me equivoco, o se organizará tal escándalo, que ese hijo de perra se lo tendrá que pensar muy bien antes de ahorcar a Anacaona. —Hizo un impaciente gesto con la mano—. ¡Apresúrate! —suplicó—. ¡Creo que ésa es nuestra última esperanza!

«La Caña que Habla» constituía desde siempre un curioso misterio que fascinaba a los nativos.

En una isla tan húmeda, donde con frecuencia diluviaba y los mensajes tenían que atravesar lagos y ríos, los españoles tomaron la costumbre de enrollar sus cartas para encerrarlas en una caña hueca que lacraban por ambos extremos, de tal forma que se transformaba en un recipiente totalmente impermeable.

Cuando se la entregaban a un indígena con instrucciones de llevarla a determinada persona, y el destinatario la abría interpretando lo que allí estaba escrito, el mensajero no podía evitar su asombro, y de ahí que con el tiempo a tan primitivo sistema de comunicación se le diese el significativo nombre de «La Caña que Habla».

Pero cuando una semana más tarde *Cienfuegos* recibió de su avispado indígena que había sabido encontrarle por medio de Vasco Núñez de Balboa, «La Caña que Habla» por la que *Doña Mariana* le notificaba lo ocurrido con Colón, fue el canario quien se asombró hasta el punto de lanzar tal cantidad de improperios, que el pobre indígena se acurrucó en un rincón, atemorizado.

—¿Qué ocurre? —quiso saber Pizarro para quien, como analfabeto, aquella carta constituía de igual modo un insondable misterio—. ¿Quién se ha muerto?

—Nadie en especial, pero pronto lo harán el mismísimo Almirante y más de cien de sus hombres...

A continuación puso en conocimiento de Balboa, Ojeda y el propio Pizarro el contenido de la misiva, y los tres coincidieron en señalar que aquello iba mucho más allá de lo que se le podía consentir a nadie, por muy Gobernador nombrado por los Reyes que fuera.

—Incluso olvidándonos de Colón, a quien respeto pese a nuestras pasadas desavenencias, no es de recibo que ese canalla juegue impunemente con las vidas de tantos cristianos —puntualizó Alonso de Ojeda indignado—. O envía de inmediato a buscarlos, o me alzaré contra él aunque me cueste la vida. Empieza a antojárseme un tirano tan deleznable como el mismísimo Bobadilla.

—A mi modo de ver sería preferible que os mantuvierais al margen —le hizo notar *Cienfuegos*—. Podrían alegar que como Gobernador que también sois, estáis conspirando contra él con tal disculpa, y eso no os favorecería, ni a Vos, ni al Almirante. Permitidme hablar con Fray Bernardino de Sigüenza; aún tiene influencia y está libre de sospechas.

En cuanto oscureció se encaminó al Convento, y al buen franciscano casi le dio un síncope al conocer la noticia de que su antiguo compañero de estudios había sido capaz de semejante bajeza.

—¿Estás seguro de lo que dices? —inquirió incrédulo—. ¿No serán calumnias o fantasías de algún loco?

—No se tienen noticias de esas naves desde hace año y medio —puntualizó el gomero—. Y sabido es que el converso Diego Méndez era hombre de confianza del Almirante. Si Ovando lo tiene retenido en Xaraguá, será por algo.

—Me cuesta aceptar tanta maldad en alguien consagrado a Dios.

—La vida me ha enseñado que el amor al poder suele estar por encima del amor a Dios incluso en aquellos que más fe demuestran. Y empiezo a creer que esa fe es una flor que se marchita en las alturas.

—Podrías ser un buen frasciscano —sentenció el de Sigüenza asintiendo con un cansado gesto de cabeza—. Te sobra razón y duele comprobar cómo el triunfo en esta vida nos precipita al fracaso en la otra. He rogado a mis superiores que intercedan en favor de Anacaona, y cuanto más arriba llego, mayor indiferencia encuentro. Para un sencillo sacerdote, esa ejecución es un crimen abominable. Para el Prior, un simple acto de «justicia». —Lanzó un leve lamento que pareció surgirle del alma—. ¿Tan diferente es la visión del mundo según la calidad del hábito?

—De hábitos no entiendo... —puntualizó el gomero—. Y empiezo a sospechar que de seres humanos tampoco. Tan sólo me siento realmente a gusto entre las bestias de la selva, y con ellas quisiera volver sin más demora. ¿Qué se puede esperar, si incluso *Flor de Oro* prefiere morir a pagar por ser libre?

—No sé lo que se puede esperar —admitió el fraile—. Pero lo que es yo, no pienso esperar mucho.

No lo hizo, en efecto, pues a la mañana siguiente subió al púlpito y con una voz de trueno impropia de un cuerpo tan endeble, lanzó una feroz diatriba contra quien se permitía abusar de su autoridad hasta el punto de ofender al Altísimo jugando con las vidas de un centenar de sus compatriotas y con la del Almirante y Virrey de Las Indias.

Un rumor de incredulidad corrió por los bancos de la iglesia y un capitán se alzó gritando que todo aquello era falso, pero el furibundo Fray Bernardino le apabulló con tal cantidad de datos, que el otro no pudo por menos que dejarse caer en el asiento, avergonzado.

Al mediodía, la ciudad era como un avispero, pues aunque el Virrey no fuera hombre que hubiese dejado buen recuerdo a su paso por la gobernación de la isla, ni fuera de ese tipo de personas que despiertan simpatías personales, la mayoría de quienes estaban allí sabían que estaban gracias a él, y que era sin duda alguna uno de los más destacados personajes de su época, por lo que su vida merecía un especial respeto aun por parte de sus peores enemigos.

Y existían además un centenar de hombres —no se sabía exactamente cuántos— que habían logrado sobrevivir a aquel largo año de calamidades, y que ninguna culpa tenían de las rivalidades políticas entre Colón y Fray Nicolás de Ovando.

Muchos de los miembros de la tripulación de las cuatro naves habían dejado familiares o amigos en Santo

Domingo; gentes que se echaron a la calle, a protestar airadamente contra un Gobernador que rezumaba sorda ira contra su antiguo consejero y condiscípulo, y que mandó llamar de inmediato a su «Asesor Militar» —aquel altivo y ceremonioso Capitán Castreje que había planificado la captura de la Princesa Anacaona— para exigirle un detallado informe sobre la incómoda situación que vivía la ciudad y sus posibles consecuencias.

—La situación está bajo control —fue la convencida respuesta—. Y en cuanto a las consecuencias, dudo que las haya, pues sois Vos quien dicta las leyes, y yo quien hace que se cumplan. No habrá problemas.

Pero los hubo, puesto que aún estaba fresco el recuerdo del día en que la intransigencia de Ovando envió a la muerte a más de novecientos hombres, muchos de los cuales también habían dejado deudos en la isla a los que les gustaría pasar factura al Gobernador por tan triste e injustificada pérdida.

—No podéis permitiros el lujo de cargar más muertes sobre vuestras espaldas —le hizo notar su obeso Secretario, un hombretón melifluo y servil que pese a su repelente aspecto no dejaba de tener una clara visión política—. El huracán fue un castigo de Dios del que en justicia nadie puede culparos, pero dejar morir de hambre a tanta gente por capricho, suena distinto.

—Los Reyes me ordenaron que no permitiera que ninguno de los Colón pusiera los pies en la isla bajo ninguna circunstancia.

—Eso no quita para que enviéis un barco que los devuelva directamente a España —le hizo notar el otro—. Y en Jamaica sólo hay tres Colones. Los demás son compatriotas a los que debéis salvar a toda costa.

—No opinabais lo mismo cuando Méndez vino a verme a Xaraguá.

—Xaraguá es Xaraguá y Santo Domingo, Santo Domingo —fue la retorcida respuesta—. Nada objeté mientras se mantuvo el secreto, pero ahora el tema está en los púlpitos y la cosa cambia.

—Lo que me sorprende es cómo pudo enterarse Fray Bernardino —masculló el Gobernador visiblemente contrariado—. Haced venir a Diego Méndez y que nos lo explique.

—Llevará días.

—Continúo sin tener prisa. Al Almirante le viene bien una cura de humildad. ¿Sabíais que se considera dueño y señor de Las Indias, y casi tan importante como los Reyes que le concedieron todos sus títulos?

—Algo he oído —replicó el gordo sin comprometerse—. Pero en mi modesta opinión, un año de sufrimientos, la pérdida de cuatro naves, y la humillación que está padeciendo, ya es castigo suficiente.

Ovando no era de la misma opinión, y por lo que a él se refería, hubiese permitido que el Virrey se quedara para siempre en las costas de Jamaica, pero pareció comprender que había llevado las cosas demasiado lejos y que si bien la Corona nunca le había pedido cuentas por lo ocurrido con Bobadilla, el caso del Almirante presentaba un cariz muy diferente.

Se mostró implacable con Diego Méndez por haber desobedecido sus órdenes al no mantener el asunto en secreto, y tras presionarle inútilmente para que le permitiera tener acceso a la carta que Colón enviaba a los Reyes, le autorizó a que intentara fletar por su cuenta un navío que acudiera en auxilio de los náufragos, aunque dando instrucciones a su Secretario para que ningún armador aceptase el encargo por miedo a las represalias.

Comprendió sin embargo que todo aquel asunto había repercutido de forma harto desfavorable sobre su prestigio personal, y como suele suceder en tales circunstancias, no se culpó a sí mismo por sus iniquidades, sino que quiso achacarlo a la caprichosa e injustificada injerencia en asuntos políticos de Fray Bernardino de Sigüenza.

—Quiero que salga de la isla de inmediato —ordenó—. Que no vuelva a causarme más problemas.

Pero el mugriento franciscano, que ya volvía a ser el mismo hediondo Fray Bernardino de antaño, pues no había vuelto a tocar el agua desde su obligado baño en un riachuelo de Xaraguá, no era alguien a quien se pudiera obligar a hacer aquello que no estuviera dispuesto a hacer, y cuando le comunicaron que tenía que regresar a España, se negó en redondo alegando que ya tenía en sus manos el nombramiento de representante legal del Santo Oficio, en vista de lo cual tan sólo obedecería cuando su destitución le fuese notificada igualmente por escrito.

—¡Pero eso puede llevar meses! —se escandalizó Ovando.

—E incluso años... —le hizo notar su Secretario—. El día que Bobadilla tuvo la estúpida ocurrencia de elegirle no calculó las armas que le daba.

—Ese hombre es como un furúnculo en el trasero —se lamentó el Gobernador—. No he conocido a nadie que odie tanto la Inquisición, y sea a la vez tan hábil a la hora de utilizarla. Se le podría considerar el último mono de esta isla, pero es lo suficientemente astuto como para convertirse en el más poderoso. ¿Qué podemos hacer?

—Nada. Y mi consejo es que lo ignoréis, porque si un día se presenta aquí mostrando su nombramiento y exigiendo que nos encierren, ¡por Dios que nos encierran!

—¿Pretendéis hacerme creer que el poder de la Inquisición es en verdad superior al de la Corona? —inquirió Ovando a todas luces molesto.

—Yo no pretendo haceros creer nada, Excelencia —señaló el otro ladinamente—. Sois el único que puede dar respuesta justa a tal demanda, pero a mi modo de ver deberíais evitar un choque de imprevisibles consecuencias entre el terror que secularmente ha impuesto el Santo Oficio, y el respeto que hayáis sido capaz de imponer en poco más de un año. —Hizo una significativa pausa—. Al fin y al cabo, un Gobernador puede dejar de serlo cualquier día, mientras que la Inquisición es algo eterno.

No hacía falta ser un genio de la política para llegar a la conclusión de que el grasiento personaje ponía sutilmente sobre el tapete incluso su propio sentido de la fidelidad a la hora de elegir entre los poderes «terrenales» y «divinos», por lo que el Gobernador optó por zanjar definitivamente el problema.

—Centrémonos entonces en los asuntos que en verdad importan —señaló—. ¿Qué pasa con Anacoana? ¿Acepta o no acepta la rendición?

El otro le observó con cierta sorna, como si le molestara que estuviera utilizando con él un lenguaje que no tenía razón de ser, puesto que ambos conocían a fondo el espinoso tema.

—¿A qué rendición os referís, Excelencia? —inquirió con una leve sonrisa—. Si no hay guerra, Anacaona no tiene por qué rendirse, y lo que en verdad importa es que desaparezca cuanto antes. Se discute sobre un vivo, no sobre un muerto, y si la hubiéramos ejecutado en Xaraguá, estaría olvidada hace ya tiempo.

—¿Sin juicio?

—¡Dejemos la hipocresía, Excelencia! Para el juicio que se le va a hacer mejor sería que no tuviese ninguno. Creo que a nadie le agrada la idea de ahorcar a una mujer, ¡no somos sádicos!, pero la responsabilidad del cargo impone sacrificios. Empezamos a tener claro que ante nosotros se abre un Nuevo Mundo que exigirá mucho esfuerzo y mucho coraje para dominarlo, y no podemos empezar titubeando. Hay que demostrar desde el principio quién manda aquí.

—Me preocupa que ésa sea la única forma posible de mandar, y a menudo me pregunto si estamos en condiciones de afrontar tan magna tarea —musitó el Gobernador—. Somos una nación demasiado joven y hubiéramos necesitado unos años más para recuperarnos de la guerra y la expulsión de los judíos, asentándonos y cobrando fuerzas antes de lanzarnos a la conquista de ese supuesto Nuevo Mundo.

—Pues no hay tiempo —puntualizó el otro—. Ya está aquí, a nuestro alrededor, y si no nos apoderamos de él, otros lo harán. —Hizo una significativa pausa—. ¿Qué os cuenta Colón en la carta?

—¿Qué carta?

—La que Diego Méndez os entregó en Xaraguá, y que os he sorprendido releyendo en varias ocasiones. Al parecer os preocupa. ¿Por qué?

El Gobernador Fray Nicolás de Ovando tardó en responder, y cuando lo hizo pareció haber repasado mentalmente aquella larga misiva que se sabía de memoria.

—Es extraña —admitió al fin—. La carta de un loco, un enfermo, o un visionario, en la que se mezclan los fracasos y los triunfos en tales proporciones que nunca puedes determinar dónde empiezan unos y acaban otros. —Agitó la cabeza como si pretendiera desechar pensamientos que le confundían íntimamente—. No miente, pero exagera, y no consigo averiguar hasta qué punto. Habla de inagotables minas de oro, imperios poderosos y riquísimas tierras. ¡Fabulaciones...!

—Siempre fue un iluso.

—Pero un iluso que se atrevió a cruzar el «Océano Tenebroso» y demostrar que cuanto aseguraba era cierto. ¿Por qué no puede serlo también ahora? ¿Por qué no puede existir esa fastuosa Veragua de la que habla y donde afirma que el oro abunda como en España el hierro?

—¿Si tenéis tales dudas por qué no le habéis hecho venir y que os lo aclare personalmente?

—Porque es el mayor embaucador que ha dado la Humanidad desde que existe, y actúa como un prestidigitador que en lugar de hacer dasaparecer conejos y palomas, juega con países, continentes, o el diámetro de la Tierra... Y jamás encuentro argumentos con los que rebatirle.

—¿Le teméis? —inquirió el Secretario con cierto descaro.

—¿No temeríais a Ojeda si tuvieseis que enfrentaros a él con una espada en la mano? —fue la respuesta—. Pues lo mismo es Colón con las ideas. Nunca se sabe dónde diablos va a clavártelas.

Tanta era, en verdad, la prevención que Fray Nicolás de Ovando sentía por el Almirante, que a los pocos días mandó llamar a un antiguo lugarteniente del traidor Francisco Roldán, especialmente conocido por su irracional odio a los hermanos Colón, para ordenarle que se embarcase en un pequeño carabelón y pusiese proa a Jamaica con el fin de averiguar qué era lo que allí ocurría, aunque con la indicación expresa de no prestar ningún tipo de ayuda a los náufragos. Todo lo que les enviaba a los seis meses de tener noticias de su desesperada situación, era un barril de vino y un jamón.

La elección de tan significativo enviado se ajustaba a designios muy concretos, puesto que el Capitán Diego Escobar tenía fama de ser uno de los personajes más mezquinos y canallescos de cuantos habían puesto el pie hasta el presente en Las Indias Occidentales.

A los doce días de navegación, el carabelón ancló frente a la playa sobre la que los navíos permanecían aplastados sobre la arena como despanzurrados cadáveres de enormes ballenatos, y una chalupa desembarcó a Diego Escobar, que no pudo evitar una despectiva sonrisa de triunfo al advertir el lamentable estado en que se encontraba aquel anciano, hambriento y derrotado, que tiempo atrás fuera el todopoderoso «Virrey de las Indias y Almirante de la Mar Océana».

—¿Acaso es éste el famoso Cipango del que tanto hablabais? —inquirió burlón—. Si es así, me gustaría conocer al Gran Kan, si es que no os molesta.

—¿Y quién sois Vos? —quiso saber el Virrey, cuya vista no era ya la que le permitió ver más allá de los océanos.

—¿Es que acaso no me recordáis? —inquirió el otro visiblemente molesto—. Soy Diego Escobar, vuestro peor enemigo.

—Imposible... —musitó Don Cristóbal Colón con un leve deje de amargura en la voz—. Conozco bien a mi peor enemigo; soy yo mismo. —Hizo una corta pausa—. Y tras de mí podría mencionar una larga lista de hombres ilustres, incluidos varios reyes. Vos no sois más que la peor basura que ha encontrado Ovando en la isla. —Sonrió, aunque se diría que le costaba un enorme esfuerzo hacerlo—. Pero me alegra veros, porque eso significa, que Diego Méndez no se ahogó como temíamos, llegó a Santo Domingo y pronto o tarde conseguirá enviarnos ayuda.

—Permitid que lo dude.

—A alguien como Vos, al que parecen alegrar los sufrimientos que afligen a tantos compatriotas, no le permito ni que me lama las botas —señaló el Almirante—. ¿A qué habéis venido?

—A ver si en verdad necesitáis que enviemos ayuda, o se trata de una más de vuestras estúpidas estratagemas para volver a La Española.

—Decidle a vuestro amo, que no tengo interés en pisar la isla, sino en poner a salvo a mi gente y regresar a España y advertirle que si no actúa cuanto antes, cada una de las nuevas muertes que se produzcan caerá sobre su conciencia y rogaré a Sus Majestades que le pidan cuentas por sus actos. —Un golpe de tos que parecía a punto de asfixiarle dejó a Colón sin aliento, pero al fin consiguió concluir la frase—. Y recordarle que al igual que tengo muchos enemigos, también tengo poderosos amigos dispuestos a vengarme.

—No estáis en condiciones de amenazar —replicó Escobar, lanzando un escupitajo a la arena—. Y haríais mejor mostrando humildad.

—¿Humildad ante un traidor a la Corona que más tarde traicionó también a los suyos? —Se asombró el otro—. ¡Nunca! Ahora os recuerdo, aunque se me olvidara vuestro nombre. Sois carne de horca, y me consta que lo último que veréis será vuestra sombra balanceándose sobre el empedrado de una plaza. —Le observó con fijeza—. Y tened por seguro que en ese instante os acordaréis de mí.

Lo había dicho con tanta serenidad y seguridad en sí mismo, que su interlocutor no pudo evitar que un escalofrío le recorriera la espalda, por lo que instintivamente echó mano a la empuñadura de su espada, pero los fieles al Almirante, que aún eran muchos, dieron un paso adelante y pareció comprender que aquel final podía estar más próximo de lo que imaginaba.

—Seguís teniendo la lengua demasiado larga —se limitó a musitar al fin—. Y flaco favor le estáis haciendo a vuestros hombres tratando de este modo al único que puede sacarlos de aquí. —Hizo un gesto a cuantos les rodeaban—. ¿Son todos lo que quedan? —inquirió con la evidente intención de cambiar de tema.

—Hay otros tantos comerciando con los salvajes, y una veintena más que se han rebelado contra mi autoridad capitaneados por un tal Porras —señaló Colón con naturalidad—. Pero el día que lleguen las naves, todos estarán aquí.

—Nadie ha dicho que vayan a llegar.

—Si Diego Méndez vive, llegarán.

—Demasiada confianza tenéis en ese hombre.

—Dios ha querido que haya hombres a los que se les pueda confiar la vida, y otros a los que no se les debe confiar ni un puñado de estiércol. Por desgracia es necesario llegar a viejo para aprender a distinguirlos, pero yo ya soy lo suficientemente viejo.

—Razón tenéis —admitió el otro indicando con un gesto de la mano a cuantos les rodeaban—. No son viejos, confiaron en Vos, y a la vista está el resultado.

—Prefiero no responder a eso, porque creo que ya os he dedicado mucha más atención de la que os merecéis. —El Almirante se puso en pie con aire de profunda fatiga—. Os entregaré una carta para el Gobernador aunque no sé si también significará un esfuerzo inútil. —Sonrió burlón—. Pensándolo bien, sois tan cobarde, que no os arriesgaréis a romperla puesto que hay demasiados testigos y alguien podría acusaros algún día de alta traición. Esperad aquí.

Se encaminó a la humilde choza que le habían edificado bajo las palmeras, y mientras escribía la larga misiva, Escobar se dedicó a estudiar el lamentable estado de las putrefactas naves, para comentar con intención cuando al fin el Almirante regresó arrastrando dolorido su pierna gotosa:

—Mal servicio os ha prestado la broma, pero lo que no entiendo es cómo habiendo aquí tanta madera, y teniendo como debéis tener buenos carpinteros entre la tripulación, no se os ha ocurrido construir un navío.

—Siempre imaginé que Diego Méndez no tardaría más de una semana en llegar a Santo Domingo, y el Gobernador otra en acudir en nuestra ayuda —replicó Colón—. Aparte de que no tenemos medios de convertir esos enormes troncos en tablones.

—Permitid que lo dude. Más bien creo que os avergüenza regresar como náufrago, cuando soñabais llegar cargado de oro, especias y la gloria de haber alcanzado el Cipango.

El Almirante no se dignó responder, limitándose a ofrecerle el pergamino al tiempo que le dirigía una larga mirada de desprecio.

—¡Tomad y marchaos de una vez en mala hora! —exclamó—. Y que caiga sobre vuestra cabeza, y la del Gobernador, el destino de todos estos hombres.

Diego Escobar tardó en alargar la mano y tomar la carta, e incluso por un instante pareció negarse a recibirla, pero la expresión de los hombres que acompañaban al Virrey le hizo temer que si incurría en tal acto de villanía corría el riesgo de terminar allí mismo sus días, y con un visible esfuerzo recogió la misiva y dio media vuelta encaminándose a la chalupa que le aguardaba junto al agua.

—Se la haré llegar al Gobernador —masculló desabridamente—. Lo que haga con ella, es cosa suya.

Cuando los remeros comenzaron a bogar, y el indigno personaje se alejó dándole descaradamente la espalda, Don Cristóbal Colón, Almirante de la Mar Océana y Virrey de Las Indias, apretó con fuerza los puños y tuvo que realizar un supremo esfuerzo para no dar un alarido pidiéndole explicaciones a los cielos por obligarle a soportar tan terribles humillaciones.

Si algún ser humano llegó en alguna ocasión a lo más profundo del infierno estando vivo, sin lugar a dudas fue Cristóbal Colón aquella malhadada tarde en una playa de la isla de Jamaica.

Comenzaron a hacer su aparición indígenas —hombres y mujeres— colgados de los árboles de las plazas y los caminos, y nadie era capaz de discernir si se ahorcaban como ofrenda de sus vidas a cambio de la de Anacaona, o simplemente se suicidaban porque se sentían incapaces de aceptar el destino que los españoles les tenían reservado.

Ya se había extendido la costumbre, aunque ninguna ley la sancionase, de enviar a los nativos a las minas durante un período mínimo de ocho meses al año, y como sabían que allí acabarían por morir de agotamiento y malos tratos, muchos se adelantaban a los acontecimientos poniendo fin a sus vidas de una forma rápida y sencilla.

Durante el tiempo que los hombres se veían obligados a permanecer lejos de sus casas, las mujeres sufrían el acoso sexual de una cierta clase de colonos que las consideraban meros objetos de uso personal, por lo que la desintegración de la comunidad aborigen alcanzó tales proporciones que el propio Ovando se vio en la necesidad de tomar cartas en el asunto si no quería correr el riesgo de acabar gobernando una isla desierta.

Pero como resultaba lógico esperar su decisión no fue la de poner coto a la explotación de los taínos, sino tan sólo aceptar que se permitiera la importación de nuevos esclavos, por el sencillo método de organizar razias de castigo a las islas vecinas y capturar allí a unos supuestos «enemigos» de la Corona.

Éstos sí que podían ser considerados auténticos esclavos ante la ley.

Fray Bernardino de Sigüenza tronaba en el púlpito,

pero al igual que su campaña en pro del Almirante había obtenido una favorable acogida entre sus conciudadanos, clamar por los derechos de los «salvajes» no despertó idénticas simpatías, y ya eran muchos los colonos que se negaban a asistir a sus agresivos sermones.

Su decidida labor humanitaria le estaba volviendo impopular, y quienes con más ardor luchaban por la imposición de un tipo de esclavitud abierta y sin tapujos, le tacharon muy pronto de traidor a la causa y vendido al oro y a los intereses de los indígenas.

En la «Taberna de los Cuatro Vientos», lugar de cita —junto al prostíbulo de Leonor Banderas— de todos los desocupados de la isla, se reunían cada noche un puñado de exaltados que reclamaban abiertamente la deportación del valiente franciscano, al tiempo que «exigían» al Gobernador la pronta solución del grave problema que representaba el supuesto liderazgo de la Princesa Anacaona.

—Por cada día que la mantienen con vida, se pierden media docena de peones, y por muy reina que pueda considerarse, su vida no vale tanto.

Ovando hizo un último esfuerzo para que *Flor de Oro* ordenase a su gente que dejase de suicidarse y se pusiera abiertamente al servicio de sus nuevos amos, pero una vez más se enfrentó a la decidida actitud de una mujer que parecía dispuesta a no dejarse doblegar por mucho que se la presionara.

Pizarro, que no perdía detalle de cuanto se comentaba en la taberna, regresó una noche a su casa, y tras despertar al soprendido *Cienfuegos*, le espetó sin preámbulos.

—¡Será mejor que te marches!

—¿Por qué? —quiso saber el canario sorprendido.

—Te buscan. A ti y a todos los que puedan acusar de traición para ahorcarlos junto a la Princesa —fue la sencilla explicación—. Por lo visto Ovando es de la opinión que de ese modo su ejecución estará más justificada. Colgar a dos o tres españoles y una indígena puede constituir una perfecta solución a sus problemas.

—¡Hijo de puta! ¿Y por qué yo?

—Han hecho una lista de posibles candidatos al patíbulo y el Capitán Pedraza mencionó tu nombre. No te perdona que le ganases no sé qué apuesta matando a un mulo de un puñetazo. —Le observó sorprendido—. ¿Realmente lo hiciste? —quiso saber.

—Más o menos.

—¿Cómo?

—Es una vieja historia —replicó el gomero cambiando de tema—. ¿Crees que me encontrarían aquí?

—Seguro —admitió el trujillano—. De momento vigilan a Ojeda y Balboa, que eran los que estaban contigo, pero pronto caerán en la cuenta de que se me ha visto con ellos, y eso les traerá hasta aquí. —Agitó la cabeza al tiempo que sonreía burlándose de sí mismo—. En ese caso seríamos dos a acompañar a la Princesa, y preferiría irme con ella a la cama que a la tumba.

—De acuerdo —admitió el cabrero—. Me esconderé en la selva.

—¿Para qué? —quiso saber el otro—. Desde allí tampoco podrás hacer nada. —Tomó asiento frente a él—. ¡Vuelve con los tuyos! —le aconsejó—. Salva a tu familia y olvida toda esta mierda.

—Le debo mucho a Anacaona.

—Se lo has pagado jugándote el cuello durante todo este tiempo. —Pizarro le aferró el brazo con afecto—. Y ya has oído a Ojeda: ella prefiere morir con dignidad, y tú parecías compartir esa elección.

—Que la entienda no significa que la comparta —le hizo notar el gomero—. Y quiero agotar todas las posibilidades de salvarla.

—Ya están agotadas. Que la cuelguen es sólo cuestión de un par de días.

—¡Dios Bendito! —se lamentó *Cienfuegos*—. ¡Una mujer tan maravillosa y tan llena de vida...!

—Tengo entendido que la tuya también lo es —señaló el otro—. Me lo ha contado Ojeda. Ocúpate de ella y de tus hijos, y salva el pescuezo.

Aquél era el mejor consejo que podían darle en tales circunstancias, pero aun así el cabrero se resistía a aceptarlo, incapaz de hacerse a la idea de que la solícita princesa que tanto les había ayudado tuviese que pasar por la terrible humillación de acabar balanceándose en el aire ante los ojos del pueblo que la adoraba.

—¿Sabes si piensan ejecutarla en público? —inquirió en un vano intento de mantener un último rayo de esperanza.

—Naturalmente —fue la inapelable respuesta—. Más que ninguna otra, la suya es una ejecución destinada al gran público. Los indios tan sólo aceptarán que ha muerto cuando vean su cadáver y Ovando lo sabe.

—Lo mataré por eso.

—¿Y qué sacarás con ello? —inquirió Pizarro—. El mal ya estará hecho y la venganza es un placer estúpido. El más inútil y estúpido de todos.

—¿Quién lo dice?

—Yo lo digo —sentenció el de Trujillo—. Y recuerda que soy de los que más razones tienen para vengarse incluso de sus propios hermanos, aunque no pienso hacerlo. —Sonrió con amargura—. Una vez me mordió un cerdo —añadió—. En venganza le corté el cuello pero me encontré con que si lo dejaba en mitad del campo las alimañas se lo comerían y mi padre me deslomaría, de modo que tuve que cargar con él hasta la casa. Fue entonces cuando comprendí la inutilidad de la venganza.

—No todo tiene por qué ser útil.

—Supongo que no, pero al menos matar a un hombre debe serlo. —Se puso en pie como dando por concluida la charla—. Deja en paz a Ovando —concluyó—. Lárgate con los tuyos a esa isla con la que sueñas, y que Dios te acompañe. Te juro que si tuviera mujer e hijos no me quedaría a esperar a que algún loco me ofreciera la oportunidad de participar en la conquista de un fabuloso imperio.

Al día siguiente el canario se despidió de Alonso de Ojeda y Vasco Núñez de Balboa, al que rogó que le despidiera de Fray Bernardino de Sigüenza, y agradeciendo una suave lluvia que caía con desgana refrescando el ambiente, emprendió el camino de regreso a Xaraguá, convencido de que jamás volvería a poner los pies en Santo Domingo.

Guardaba amargos recuerdos de aquella ciudad; muy amargos recuerdos, pues si bien era cierto que durante un corto período de tiempo disfrutó en ella de la felicidad de su reencuentro con la mujer que amaba, pronto se vio en la necesidad de enfrentarse a la Santa Inquisición, más tarde asistió a la destrucción de la Gran Flota, y por último tuvo que pasar por el horrendo trance de acabar de tan mala manera con el desgraciado Capitán León de Luna.

Asistir además a la ejecución de *Flor de Oro* se le antojaba excesivo, y sabiendo, como sabía, que nada más se podía hacer por evitarla, prefería estar lo más lejos posible cuando ocurriera, aferrándose a la idea de que, al fin y al cabo, aquél era el destino que su fiel amiga había elegido.

Al caer la tarde se tropezó en un recodo del sendero con el cuerpo de un indígena colgado de una alta rama, y se detuvo a observarlo largo rato esforzándose por entender las razones de aquel pobre hombre para hacer lo que había hecho.

Cienfuegos era uno de los escasos españoles que quedaban en la isla de cuantos llegaron en el primer viaje de Colón, el único sobreviviente del malhadado «Fuerte de La Natividad», y el único, también, que había recorrido el interior de Haití antes de que comenzara la «conquista», y era por todo ello, el que en mejor situación se encontraba de comprender hasta qué punto había cambiado en aquellos años.

El número de sus habitantes había disminuido casi a la cuarta parte por culpa de las epidemias, las guerras o las deportaciones, y los pocos que quedaban se apiñaban en torno a las «ciudades», trabajaban en las minas y las plantaciones de caña de azúcar, o habían huido a lo más profundo de la selva, donde a duras penas malvivían como acosadas alimañas.

Ya no se podían distinguir sus pequeños poblados salpicando las orillas de los caminos o poniendo una nota de color en las playas, ni se escuchaban las risas de los niños jugando en la foresta. El mundo del interior de La Española se había vuelto un mundo triste, pues cuando raramente se encontraba alguna señal de vida humana, se trataba casi siempre de una hacienda en la que un malhumorado colono parlanchín explotaba a unos silenciosos y atemorizados indígenas.

Los inmigrantes españoles no estaban contentos, porque aquella dura existencia en un clima tórrido y devorados por los mosquitos no era el sueño de ocio y riqueza que habían venido buscando, mientras que los aborígenes se sentían a su vez desgraciados, ya que habían pasado de ser los seres más libres del mundo, a ser los más esclavizados.

El primer choque de dos formas tan distintas de entender la vida y la felicidad había sido a todas luces nefasto, y observando el cuerpo de aquel desgraciado sobre el que convergían millones de moscas, el gomero llegó a la conclusión de que por años —o siglos— que pasaran, nadie conseguiría acoplar de forma coherente culturas tan opuestas.

—Si Dios puso a los indios en las Indias, los chinos en China, los negros en África y los europeos en Europa, será por algo... —masculló—. Y todo intento que se haga para mezclarlos o cambiarlos de lugar, acabará en desastre.

Durmió en la mayor de las cabañas de un poblado abandonado a la orilla de un río de aguas transparentes, y el alba le sorprendió observando cuanto quedaba de lo que antaño fueran fértiles chacras que daban de comer a una docena de familias.

Pero no se sintió verdugo sino víctima, pues en lo más profundo de su alma anidaba el convencimiento de que el gomero *Cienfuegos*, hijo de una cabrera guanche y un noble aragonés, se encontraba mucho más cerca de los indígenas vencidos que de los conquistadores extranjeros.

Y le importaban muchos más las cabañas destruidas, y los campos abandonados, que los trapiches de caña, o los amazacotados edificios de piedra de la flamante capital.

Cuando reemprendió el camino, la fina lluvia se transformó en diluvio.

Y es que la isla entera lloraba.

Lloraba por la hermosa reina que ese día iba a ser cruelmente asesinada, y lloraba por cuantos habían nacido para vivir dichosos pero el destino había querido que tuvieran que morir profundamente amargados.

Con Anacaona desaparecía una época, o más bien un período histórico que abarcaba desde el día en que los primeros seres humanos pusieron el pie en aquel prodigioso paraíso muchos siglos atrás, hasta el momento en que un puñado de aventureros lo arrasaron en menos de una década.

«Desolación» era el término que mejor cuadraba a cuanto el canario encontraba a su paso, y era como si esa misma desolación contagiara su espíritu sumiéndole en densas tinieblas y obligándole a sentirse terriblemente pesimista.

Fue un viaje largo, y lo hizo largo a propósito, no tanto por retrasar la noticia del trágico final de Anacaona, como por darse tiempo a sí mismo en un intento de encontrar la serenidad interior que iba a necesitar a la hora de encarar la difícil misión de emprender una forma de vida muy diferente.

Cualquier cosa se le antojaba más apetecible que el clima de intrigas, luchas y ambiciones de la ciudad que acaba de abandonar, pero aún no tenía claro hacia dónde encaminaría sus pasos, ni qué era lo que podía encontrar en la inmensidad de aquel Nuevo Mundo repleto de misterios que comenzaba más allá de las costas de Xaraguá.

Se alejó de las rutas seguidas por los españoles y de los asentamientos que habían ido alzando en los valles y las vegas, para acabar adentrándose en una escarpada cordillera, en la que se sentía tan a gusto como en su agreste y lejana isla de La Gomera.

El sol le marcaba el rumbo a la hora del ocaso, y como estaba acostumbrado a sobrevivir sobre el terreno con lo poco que la Naturaleza fuese capaz de ofrecerle, su marcha constituía apenas un paseo en el que se detenía de tanto en tanto a contemplar el paisaje y meditar sobre su vida y su futuro.

Por último, tras bordear una inmensa montaña de más

de tres mil metros, atravesar una amplia región pantanosa y permanecer más de diez días sin distinguir un alma, escuchó voces, y aproximándose con el sigilo que había aprendido de su viejo amigo Papepac, espió al grupo de indígenas que se afanaba a la orilla de un diminuto riachuelo.

Lo componían una docena de hombres, mujeres y niños que por lo que pudo entender estaban lavando arena en busca de oro, pero lo que le obligó a lanzar una corta exclamación de asombro fue el comprobar la personalidad del hombretón de larga barba que aparecía balanceándose tranquilamente en una hamaca colgada entre dos árboles, y que fumaba un grueso cigarro mientras en la otra mano sostenía una jarra de la que de vez en cuando bebía con delectación.

—¡Santo Cielo! —murmuró por lo bajo—. ¡*El Turco*!

Se trataba, en efecto, de aquel Baltasar Garrote, alias *El Turco*, que fuera durante un tiempo lugarteniente del Capitán León de Luna; el mismo que acusara a *Doña Mariana Montenegro* de brujería, y que pasó más tarde por todas las penas del infierno cuando llegó a creer que le desangraban los demonios.

No vestía más que un taparrabos, sin lucir su famoso turbante, el alfanje o la gumía, y su expresión era la del hombre más feliz del mundo, sobre todo cuando se colocaba el cigarro entre los dientes y extendía la mano para acariciar los pechos de la hermosa muchacha que se sentaba a su lado.

—¡Veo que los dioses os son propicios! —exclamó surgiendo de improviso de entre los árboles de tal forma que *El Turco* dio un salto que le obligó a caerse de la hamaca—. Es la escena más bucólica que jamás he visto.

—¡*Brazofuerte*! —aulló el otro entre sorprendido y aliviado— ¡Por los clavos de Cristo! ¿De dónde salís?

Le estrechó con afecto contra su enorme humanidad, pues había engordado por lo menos diez kilos que se le habían ido casi exclusivamente a la barriga, para apartarle luego tomándole por los hombros y observándole como si le costara trabajo admitir que se trataba de la misma persona que le había «salvado» del infierno.

—De las montañas... —señaló el gomero haciendo un gesto hacia su espalda—. Me encamino a Xaraguá.

—Lejos estáis de vuestro destino, y no es ésta la ruta más lógica. ¿A qué se debe semejante rodeo?

—El Gobernador puso precio a mi cabeza —sonrió con intención—. Y tengo entendido que también a la vuestra.

—¡Lo sé! —admitió Baltasar Garrote—. Por lo visto no le gustó que nos lleváramos a la tal *Doña Mariana*. —Le abrazó con fuerza nuevamente—. Por cierto: ¿Qué sabéis de ella?

—Nos casamos —replicó el canario seguro de que no iba a creerle—. Y el Inquisidor Fray Bernardino de Sigüenza ofició la ceremonia.

—¡Oh, vamos! —rió el otro—. Veo que seguís conservando vuestro absurdo sentido del humor. —Le estudió de arriba abajo—. Aunque tengo la impresión de que la vida no os trata demasiado bien. Estáis más flaco que un lagarto.

—Vos por el contrario habéis engordado en exceso.

—La buena vida, amigo mío; la buena vida. —Hizo un gesto indicando cuanto le rodeaba—. Esto es lo más parecido al Paraíso que pueda imaginarse. El clima es magnífico, la caza abundante, las mujeres ardientes y la gente pacífica. —Rió de nuevo—. Y por si no fuera suficiente, ese riachuelo arrastra tanto oro que basta con agacharse y recogerlo.

—No da la impresión de que os agachéis en exceso.

—Ellos lo hacen por mí —admitió *El Turco*—. Y lo hacen contentos. A cambio les protejo. ¡Pero venid! —añadió—. Vamos a la casa. Estáis famélico y sin lugar a duda tenéis hambre. —Chasqueó los dedos haciendo un gesto a la muchacha que se encontraba a su lado—. Adelántate y prepara algo de comer —ordenó en un arawac bastante aceptable—. Quiero que mi amigo disfrute de lo mejor. Le debo más que la vida, y siempre fui un hombre agradecido.

La «casa» era una amplia, fresca y cómoda cabaña alzada bajo un inmenso castaño a la orilla de una diminuta laguna circundada por campos cuidadosamente cultivados, con patos, cerdos y gallinas correteando por los alrededores, en un auténtico paraje de ensueño que respondía con toda exactitud a la descripción que *El Turco* acababa de hacer.

Mientras almorzaban, Garrote le puso al corriente de cómo prefirió poner tierra por medio tras la toma de posesión del Gobernador Ovando, y cómo en su vagabundeo fue a parar a aquel perdido rincón de la isla, en el que pronto llegó a un provechoso acuerdo con los nativos que lo ocupaban.

—Mantengo alejados a los extraños enseñando un título de propiedad falso y un alfanje auténtico —concluyó—. No permito que toquen a mis «indios», ni que se los lleven como esclavos, y ellos me lo agradecen.

—¿Sacando oro del río?

—Compartiendo su vida conmigo.

—¿Su vida y sus mujeres?

—¡Desde luego! —*El Turco* lanzó una sonora carcajada—. A ellos no les molesta, que me acueste con sus mujeres, ni a mí que se beban mi ron.

—¿Ron? —se sorprendió el gomero.

—¡El mejor de la isla! —admitió el otro—. Me lo trae de La Vega un proveedor que me abastece de todo cuanto preciso. —Chasqueó la lengua con un gesto que pretendía indicar que el mundo era perfecto—. Le pago con oro del río, y todos tan contentos.

—Veo que habéis encontrado la piedra filosofal —señaló *Cienfuegos* divertido—. ¡Ron, oro y mujeres! ¿Qué más se puede pedir?

—Nada, amigo mío. Nada, os lo aseguro. —Le sirvió una generosa ración de aquel excelente ron que tanto alababa y que era ciertamente magnífico, y añadió—: Y nunca podré olvidar a quien se lo debo. Si no fuera por Vos, aquellos malditos demonios chupadores de sangre me habrían arrastrado a los mismísimos infiernos.

Por un instante, ¡sólo por un instante!, el gomero *Cienfuegos* abrigó la tentación de confesarle que aquellos supuestos demonios no habían sido más que repugnantes murciélagos-vampiros, pero desechó la idea convencido de que su anfitrión no encajaría con excesivo entusiasmo tal arranque de sinceridad y corría el riesgo de que tratara de cortarle en rodajas con ayuda de su inmenso y temido alfange.

—Lo pasado, pasado —se limitó a replicar—. Pero lo que me gustaría saber, es si os volvieron a atacar alguna vez, o se marcharon definitivamente.

—¡Se marcharon, se marcharon! —se apresuró a responder Baltasar Garrote al tiempo que hacía un significativo gesto con la mano como si estuviera ahuyentando a alguien—. Y mejor será no mencionarlos por si se les ocurriera regresar. —Cacheteó las nalgas de la indígena que recogía los platos—. Llama a la gente —señaló—. Basta por hoy.

La muchacha obedeció haciendo repicar una pequeña campana de barco que colgaba sobre la puerta de la choza, y al tiempo que ofrecía al cabrero un enorme cigarro idéntico al que estaba encendiendo, *El Turco* añadió:

—Jamás les permito trabajar más de tres horas diarias. —Aspiró con delectación el humo y tras toser, comentó—: ¡Es fuerte el maldito...! Y es que he descubierto que a patir de ese tiempo ya no se concentran y se ponen de un humor de perros. —Agitó la cabeza sonriente—. ¡Son como niños! —masculló—. Buscar oro durante un rato les divierte, pero si lo conviertes en una obligación no vuelven nunca.

—Se me antoja una medida inteligente —le hizo notar *Cienfuegos*—. La mayoría de los indígenas de la isla prefieren suicidarse a trabajar.

—¡Lógico! —admitió el otro—. Si alguien llegara de muy lejos, me quitara lo que es mío, se acostara con mi mujer e intentara que además trabajara gratis para él, también me suicidaría si es que no conseguía cortarle el cuello. Pero yo no trato de comportarme como «amo», sino como «socio», y el sistema funciona.

Funcionaba, en efecto, porque al poco rato hicieron su aparición los indígenas que habían estado trabajando en el río, y que llegaron riendo, alborotando y haciendo alarde de las pepitas o el polvo de oro que habían obtenido durante la mañana y que fueron depositando en una especie de cesta común que ocupaba un rincón de la cabaña.

Para todos tenía *El Turco* una palabra amable o una broma, y reinaba en aquel lugar un ambiente tal de camaradería y buen humor, que casi por primera vez desde que llegara a la isla el canario descubrió una auténtica relación sin fricciones entre seres provenientes de mundos tan opuestos.

Estudió a Baltasar Garrote y su forma de moverse, hablar y comportarse —descalzo y vistiendo un simple taparrabos— y llegó a la conclusión de que la razón del éxito de semejante tipo de convivencia se centraba en el hecho de que el español había sabido adaptarse a la forma de vida de los nativos, limitándose tan sólo a aportar ron, armas, telas, baratijas y algunos utensilios de cocina que hacían más cómoda y agradable la vida de la comunidad.

—«Más sabe el tonto en su casa, que el listo en la ajena» —le hizo notar *El Turco* como si le estuviera leyendo el pensamiento—. Y yo comprendí bien pronto que ésta es su casa, y ésta es la forma lógica de vivir aquí: poco trabajo, mucha risa y muchas mujeres. —Lanzó un sonoro eructo—. ¡Y que siga la fiesta!

—Regada con ron... —añadió el gomero—. ¿Creéis que es buena idea acostumbrar a una gente tan sencilla a una bebida tan fuerte?

—¿Fuerte? —se asombró el otro—. Al lado de los brebajes que se preparan y de esos hongos alucinógenos que consumen, este ron es agua de anís —añadió—. Se emborrachan, se ríen y al día siguiente están un poco idos, pero con lo que bebían antes se pasaban una semana zumbados. —Golpeó el suelo con los nudillos, como si quisiera reafirmar sus palabras—. Digan lo que digan todos esos curas y puritanos que despotrican contra el vino y el ron, nuestra «agua de fuego» es mucho menos perjudicial que la de ellos.

El gomero se vio en la obligación de aceptar que no era quién para opinar sobre el tema, puesto que raramente probaba el alcohol, y esa misma noche tuvo que hacer un esfuerzo para ponerse a la altura de las circunstancias y no desentonar demasiado con el trasiego de licor del *Turco* y sus amigos.

Como era de suponer la juerga degeneró en orgía, y aunque en un principio *Cienfuegos* quiso mantenerse fiel al recuerdo de la mujer que amaba, el largo tiempo de abstinencia, el fuerte ron y la excitación producida por las escenas que se desarrollaban a su alrededor destrozaron su resistencia, por lo que el amanecer le sorprendió sobre los muslos de la preciosa nativa que había preparado el almuerzo.

Al día siguiente la cabeza le estallaba, el mundo parecía haber comenzado a girar locamente mientras los gritos de los loros resonaban en sus oídos como cañonazos y el violento sol del trópico le obligaba a entrecerrar los doloridos ojos. Tuvo necesidad de darse un largo baño en la quieta laguna antes de conseguir encaminarse sin dar tumbos al recodo del río en el que los indios trabajaban mientras Baltasar Garrote se balanceaba como siempre en su hamaca.

—¡Mal aspecto tenéis! —fue su divertido saludo al verle llegar—. Pero por suerte no han sido demonios chupándoos la sangre, sino algo mucho más divertido. ¿Cómo os encontráis?

—Me revienta el cerebro —fue la respuesta del gomero que observaba al otro con asombro—. ¿De verdad pretendéis que crea que hacéis esto a diario?

—Excepto los domingos —fue la convencida respuesta—. Ese día lo dedico al ayuno, la meditación, y a explicarles lo que significa ser un buen cristiano temeroso de Dios.

—¿Con qué resultado?

—Odian los domingos —fue la divertida respuesta—. Pretender que las cosas del espíritu les interesen más que las del cuerpo, es como pretender que la vendimia de Castilla les interese más que la caza de sus bosques. —Se encogió de hombros—. Y yo lo entiendo.

—También yo —admitió *Cienfuegos*—. Pero se supone que hemos venido para algo más que para enseñarles a emborracharse o a revolcarnos con sus mujeres.

—Todos cuantos aseguran querer darles algo más, lo único que buscan es conseguir algo más —replicó Baltasar Garrote convencido—. Yo soy un simple soldado de fortuna, poca fortuna, por cierto, que ha hecho cientos de canalladas en su vida y si creyera que tratando a esta gente a patadas sacaría más provecho, tal vez se las diera, pero tengo muy claro que éste es un burro que no anda a palos, sino tras las zanahorias, y por lo tanto me olvido de los palos. ¡Así de fácil!

Parecía fácil, en efecto, y tras los tormentosos días en los que el canario compartió la agitada vida de aquella sorprendente comunidad, se vio en la obligación de aceptar que el astuto y desvergonzado *Turco* era quizás el único español que había sabido encontrar al otro lado del océano el soñado paraíso que todos venían buscando.

Y probablemente lo había encontrado porque comprendió que debía poner fronteras a su ambición, y al enfrentarse a un riachuelo que arrastraba tanto oro, permitió que el agua siguiera su curso, limitándose a recoger lo más imprescindible.

Sin duda aprendió de los «salvajes» el difícil equilibrio que siempre supieron mantener entre lo necesario y lo superfluo, y *Cienfuegos* tenía clara conciencia de que aquélla era una de las lecciones más difíciles de asimilar para un «civilizado».

Cuando reanudó sin prisas la marcha en busca de aquel Xaraguá en el que le esperaban los suyos, reflexionó largamente sobre cuanto había visto en aquellos días, reafirmándose en su convencimiento de que para llevar a buen fin su proyecto de crear una próspera colonia en algún lugar del Nuevo Mundo, tenía que aceptar que aquél era realmente un mundo nuevo, y que exigía por tanto una actitud distinta a la hora de enfocar los problemas.

—Europa ha quedado atrás —fue lo último que se dijo a sí mismo esa noche mientras contemplaba un cielo cuajado de estrellas—. Y tengo entendido que allí las cosas no funcionan. Está claro que si pretendemos conseguir algo mejor, lo primero que tenemos que aprender es a olvidar.

Una semana más tarde alcanzó las costas de Xaraguá, en las que el viejo Yauco, que ya tenía noticias de la muerte de Anacaona, le proporcionó una piragua y cuatro remeros con los que atravesar el brazo de mar que le separaba de la isla de Gonave donde permanecía escondida *Doña Mariana Montenegro* y el resto de su familia.

—Levamos anclas aquel amanecer y pusimos proa a Borinquen con la intención de detenernos todo lo más una semana para hacer aguada y preparar el *Milagro* para la travesía del océano, ya que es una nave maniobrable y veloz como ninguna, pero no estábamos seguros de cómo se comportaría con largos vientos contrarios y mar gruesa. —Don Luis de Torres hizo una pausa como para tomar aliento, y dirigió una admirativa mirada a *Doña Mariana* como si aún le costara trabajo aceptar que se encontraba de nuevo frente a ella—. Luego, cuando estábamos ya a punto de zarpar, el Capitán Moisés Salado cayó súbitamente enfermo, y aunque lo desembarcamos y le atendimos con todos los medios a nuestro alcance, no pudimos hacer nada por salvarle.

—¡Santo Cielo! —se lamentó con un sollozo la alemana—. Un hombre tan encantador. ¿De qué murió?

—«Cólico Miserere» —fue la seria respuesta—. Le atacó una gran fiebre, se le hinchó el vientre, padeció cinco días de atroces dolores, y al fin se nos quedó entre las manos. —Resultaba evidente que al converso le conmovía rememorar aquellos trágicos momentos—. ¡Fue terrible! —añadió—. ¡Todos lo apreciábamos muchísimo!

—También yo —admitió *Cienfuegos*—. Me atacaba los nervios con su parquedad de palabra, pero era un hombre íntegro que se hacía querer y respetar.

—Lo enterramos justo en la punta de un cabo —puntualizó el otro—, mirando al mar, tal como nos pidió en sus últimos momentos. Luego alzamos una enorme cruz de piedra con su nombre, y cuando comenzábamos a plantearnos cómo hacer frente al océano con semejante navío y sin un capitán de experiencia, nos sorprendió el mismo huracán que, por lo que supimos más tarde, destruyó por completo la Gran Flota.

—¡Diantres! —exclamó fascinado el renco Bonifacio—. ¿Cómo escapasteis?

—Sacando el barco a tierra. Cuando comprendimos lo que se nos venía encima lo remolcamos corriente arriba por un río y lo dejamos a buen recaudo entre los árboles, aunque nunca pudimos imaginar que aquella terrorífica tempestad fuese capaz de abatir un inmenso cedro que le cayó encima abriéndole un costado. —Don Luis de Torres lanzó un resoplido—. Tardamos once semanas en reparar los desperfectos y llevar de nuevo el barco al mar, puesto que tras la gigantesca riada el cauce quedó casi seco y tuvimos que arrastrarlo media legua.

—¡Bromeáis!

El ex intérprete real mostró las manos con las palmas hacia arriba.

—¡Tendríais que haberlas visto hace unos meses! —señaló—. Eran una pura llaga. Jamás nadie sudó y trabajó como lo hicimos, ya que al menos la mitad de la tripulación tenía que permanecer en los márgenes del río atento a repeler los ataques de los salvajes que mataron a cuatro hombres. ¡Fue un infierno!

—Os creo —admitió *Doña Mariana* impresionada—. ¿Qué ocurrió después?

—Que pusimos proa al Norte, pero pronto comprendimos que la apresurada reparación que habíamos hecho bajo la constante amenaza de los indígenas no bastaba, pues hacíamos tanta agua que tuvimos que buscar una isla desierta con una buena ensenada en la que sacar de nuevo el barco a tierra.

—¡Pero bueno! —exclamó Araya sin dar crédito a lo que oía—. Ni que les hubieran echado mal de ojo.

—¡Y que lo digas pequeña! —fue la convencida respuesta—. Al poco nos visitó una piragua de feroces caníbales de pantorillas deformadas y dientes afilados, y pese a que huyeron en cuanto les largamos una andanada de las culebrinas, las noches se nos hacían insoportables imaginando que rondaban por los alrededores y en cualquier momento podían echarnos a la cazuela.

—Sé lo que se siente —admitió el cabrero—. Lo sufrí en mi propia carne. Pero antes de devoraros se hubieran preocupado de cebaros. Les gusta la gente grasienta.

—¡No tiene gracia! —refunfuñó el De Torres—. Tan sólo de recordarlo se me pone la carne de gallina, pero por fin nos hicimos, una vez más, a la vela para poner proa al Nordeste en la peor época del año, sin capitán, y con un barco que en cuanto veía una ola de más de tres metros lanzaba unos lamentos que encogían el ombligo. La verdad es que si la cosa no hubiera sido tan seria hubiese resultado cómica, puesto que no teníamos idea de cómo avanzar con tales vientos y corrientes, y como suele suceder en estos casos todo el mundo opinaba sin que nadie se decidiera a tomar las riendas y encarar con decisión el problema.

—¿Por qué no lo hicisteis Vos? —quiso saber la alemana—. Teníais mi confianza.

—¿Como marino...? —rió el otro—. ¿Qué se yo del mar, aparte de que es enorme?

—Sois un hombre sensato que ha navegado por medio mundo.

—También soy un hombre sensato que ha comido casi todos los días, pero que no tiene la más mínima idea de cómo se fríe un huevo —le hizo notar—. Allí había marinos que conocían bien su oficio, pero los hados estaban en contra nuestra y todo lo que intentaban acababa en desastre. —Agitó negativamente la cabeza como si le costara trabajo aceptar la realidad—. Por fin, a los tres meses largos nos encontramos de pronto frente a las costas inglesas.

—¡Vaya por Dios!

—A poco más nos apresan, pero pusimos proa al Sur y la suerte nos acompañó hasta Santoña donde recalamos ocho meses después de lo previsto, aunque no acabaron ahí nuestras desventuras puesto que excusado es decir que tras tamaña peripecia los hombres estaban hasta el gorro de tanto mar, y en cuanto pusieron pie en tierra la mayoría debieron decidir convertirse en carpinteros, reposteros o pastores de ovejas, ya que no les volvimos a ver el pelo ni en pintura.

—Parece lógico.

—Yo también lo hubiera hecho —admitió el converso—. A fe que tentado estuve de dejar el barco en puerto y establecerme en cualquier lugar donde no volviera a ver el mar por el resto de mis días, pero sabía que me había convertido en vuestra única esperanza de abandonar La Española y aquí estoy. —Sonrió como un niño que ha cometido una pequeña travesura y pide excusas—. Con más de un año de retraso —añadió—, pero aquí estoy.

—¿Y quién viene con Vos? —quiso saber el canario.

—Seis de los primitivos tripulantes con sus recién adquiridas esposas, y cinco nuevas familias campesinas con un total de catorce miembros.

—Desde aquí da la impresión de que hay más gente —le hizo notar *Doña Mariana* echando una ojeada al barco que aparecía fondeado a unos trescientos metros de la playa.

—El resto son inmigrantes que aceptaron trabajar a bordo a condición de que les desembarcáramos en La Española —fue la aclaración—. No tienen intención de seguir viaje. —Don Luis de Torres hizo una pausa y resultaba evidente que le costaba un gran esfuerzo lo que iba a decir, pero por último añadió—: Ni yo tampoco.

—¿Y eso? —se sorprendió el gomero.

—Conocí una mujer en Santoña; la viuda de un marino. Es agradable, culta y de desahogada posición económica. La perfecta compañera para el resto de mis días, pero tiene dos hijos y carece del espíritu necesario para lanzarse a colonizar islas desiertas. —Tomó con afecto las manos de Ingrid—. Espero que comprendáis mi posición —pidió—. También yo estoy cansado de tanto ir de un lado a otro, y mi ilusión es encerrarme en un caserón de Santoña a traducir a Erasmo y escribir cuanto he visto en estos años.

—¿Y habéis venido hasta aquí para decirnos eso?

El converso negó con un leve ademán de cabeza aunque sin soltarle las manos.

—He venido porque jamás podría dormir en paz si

no veía por mis propios ojos que estabais bien, y me cercioraba de que el barco acudía a la cita. En nadie más podía confiar al faltar el Capitán Salado.

—Jamás existió un amigo semejante.

—Jamás existió quien mereciese tanto la amistad. —Sonrió con afecto—. ¿Es niño o niña? —quiso saber.

—Niño.

—Lo imaginaba. ¿Cómo se llama?

—Luis.

—Valió la pena el viaje —musitó el converso visiblemente conmovido—. ¡Por Dios que valió la pena! —Le besó las manos con afecto y apretó luego, la del canario—. ¿Cómo podría agradecéroslo? —quiso saber.

—¿Agradecer? —se asombró *Cienfuegos*—. ¡Oh, vamos! Os deberemos cuanto podamos ser de ahora en adelante, y aún pretendéis agradacer que le hayamos puesto vuestro nombre a un niño. ¡Qué tontería! —Le palmeó la espalda con afecto—. Y ahora subamos a bordo —añadió—. Estoy deseando conocer a quienes van a compartir el resto de nuestras vidas.

Salvo los seis tripulantes, curtidos en mil vicisitudes y que tenían muy claro a dónde iban, el resto de los futuros colonos no eran más que un puñado de apocados hombres, mujeres y niños a los que aquel exótico paisaje y aquella selva espesa de la que surgía un excitante olor desconocido parecía atraer y atemorizar al propio tiempo, y que se apiñaron en la borda a ver llegar a quienes habían de ser sus guías y mentores en el difícil camino que el futuro les ofrecía.

Ingrid, *Cienfuegos*, Haitiké, Araya y Bonifacio Cabrera los fueron saludando uno por uno, y por último el cabrero ascendió hasta el castillo de popa y tras aguardar a que se acallaran los rumores, señaló:

—Ante todo quiero daros la bienvenida a «Las Indias», y desearos toda la felicidad posible en este Nuevo Mundo. —Carraspeó un tanto nervioso, pues no estaba acostumbrado a los discursos, pero al poco añadió—: Y aprovecho la ocasión para ofreceros la última oportunidad de cambiar de opinión en el caso de que alguien abrigue dudas sobre la conveniencia de seguir adelante en esta aventura...

La mayoría de los presentes se observaron un tanto confusos, y por último una mujer que apretaba a dos chicuelos contra sus piernas, inquirió con un leve tono de inquietud:

—¿Por qué habríamos de cambiar de opinión, Señor? ¿Acaso hay algo más sobre este viaje que no nos hayan dicho? ¿Algún peligro oculto?

—Ninguno que yo sepa —se apresuró a responder el gomero con franqueza—. Pero aquella línea que se divisa en el horizonte es la isla de La Española, donde hay algunos pueblos y un puerto desde el que, en el peor de los casos, se puede regresar a casa.

—Ninguno de nosotros tiene casa a la que regresar —aclaró una voz anónima.

—Eso es bueno —reconoció *Cienfuegos*—. En situaciones como ésta, la nostalgia se convierte en el peor enemigo. —Hizo una nueva pausa—. Lo que pretendo que comprendáis, es que ahí enfrente la gente intenta hacerse rica buscando oro y perlas, o traficando con esclavos y caña de azúcar... —Los observó de nuevo uno por uno, como tratando de estudiar sus reacciones—. Pero donde nosotros estaremos, el oro y las perlas carecen de valor, la caña tan sólo servirá para hacer dulces y jamás se implantará la esclavitud bajo ninguna circunstancia. Cada cual tendrá que hacer las cosas por sí mismo, y contribuir en las de todos.

—¿Tendremos tierras? —quiso saber la mujer que había hablado en primer lugar y que parecía la más decidida del grupo.

—Todas las que podáis abarcar con la mirada.

—¿Y agua?

—Más de la que hayáis visto en vuestra vida.

—En la bodega hay simientes. Y cerdos, patos y gallinas —puntualizó la mujer que tenía aspecto de haber trabajado toda su vida de sol a sol sin obtener apenas fruto—. ¿Qué más podemos necesitar?

—Nada —replicó *Cienfuegos* con naturalidad—. Mi familia y yo no necesitamos nada más para iniciar una nueva vida, pero lo que pretendo, es que cada uno de vosotros abrigue el convencimiento de que es así. Luego será ya demasiado tarde.

—¿Cuánto tiempo tenemos para pensarlo?

—Tres días —fue la respuesta—. Podéis desembarcar y empezar a tomar contacto con lo que es esta tierra, sus animales, su clima y su vegetación. Luego dejaremos a los que se quieran quedar en Santo Domingo y seguiremos viaje.

—¿A dónde?

—A donde decidamos de común acuerdo. —Alzó el brazo hacia el Oeste—. Ahí delante existen cientos de islas deshabitadas que reúnen todos los requisitos que necesitamos sin tener que arrebatárselas a nadie. Buscaremos sin prisas la que más nos convega.

—¿Nos garantiza que no habrá lucha? —quiso saber otra mujer.

—Únicamente lucharemos cuando tengamos que defender lo que es nuestro —puntualizó el canario—. Si nos atacan no nos cruzaremos de brazos, podéis tenerlo por seguro.

Se dio por concluida la reunión, en parte porque no había mucho más que decir, y en parte porque los recién llegados llevaban más de un mes embarcados y estaban deseando poner pie en tierra para ver de cerca el maravilloso mundo que tenían al alcance de la mano.

Esa noche, cuando ya el campamento permanecía en silencio, el canario y *Doña Mariana* fueron a tomar asiento sobre la arena, a contemplar la luna que comenzaba a alzarse en el horizonte.

—¿Qué opinas? —inquirió ella—. ¿Crees que están en disposición de conseguirlo?

—¿Por qué no? —replicó *Cienfuegos*—. No parece que la vida les haya tratado demasiado bien, y ahora tienen la oportunidad de trabajar por algo suyo. Los primeros años serán duros, pero la tierra es buena, y lo que en verdad importa es controlar las ambiciones. Es el sueño del oro o la riqueza fácil lo que suele perder a cuantos llegan a «Las Indias» impidiéndoles apreciar cuanto se les ofrece, y cegándoles con absurdas quimeras.

—No todos son así.

—La mayoría —le hizo notar—. Incluso los más inteligentes. Si el Almirante hubiese aceptado desde el primer momento que esto no era más que una tierra acogedora y generosa, su propio destino hubiese cambiado y no estaría agonizando en estos momentos en una isla perdida. —Se tumbó en la arena acomodando la cabeza sobre su regazo—. ¡Quería mucho más! —añadió—. Quería el Cipango, los palacios del Gran Kan, minas de oro inagotables y sacos de perlas como huevos de paloma. Salió a buscar una ruta hacia el Oeste, encontró un Nuevo Mundo, pero no le bastó. Y es que la ambición humana no suele tener límite.

—¿Lo tiene la tuya?

El gomero alzó la mano y le acarició dulcemente la mejilla.

—Ésta es mi única ambición —replicó con firmeza—. Estar siempre a tu lado, quererte, y que me quieras. Nada más he deseado desde el día en que te conocí, ni nada más desearé nunca.

—¿Y qué ocurrirá cuando sea vieja? ¿Mucho más vieja?

—No lo sé —admitió él—. Nadie puede saberlo, pero lo que sí sé es que ahí duermen un puñado de hombres, mujeres y niños que han cruzado el mayor de los océanos para confiarnos sus vidas. ¿Qué crees que sentirían si sospecharan que lo único que nos preocupa en vísperas de emprender semejante odisea, es el hecho de que cuando te hagas vieja deje de quererte?

—Regresarían a España —admitió ella con una leve sonrisa—. Y no les culparía. Pero eso no desvanece mis temores.

Él le tomó con suavidad una mano y se la llevó a la entrepierna.

—¡Siente! —musitó muy quedamente—. El día que el solo hecho de oír tu voz o percibir tu aroma deje de causarme este efecto, podrás empezar a preocuparte. —La empujó suavemente obligándola a que se tumbara sobre la arena, comenzó a desnudarla con estudiada lentitud, y la acarició con profunda ternura—. Te quiero, te deseo, te respeto y te admiro —susurró en el momento en que entraba en ella obligándole a lanzar un lamento de placer y sorpresa porque por años que pasaran jamás conseguiría acostumbrarse a su tamaño y su potencia—. El tiempo puede acabar, destruyendo muchas cosas —concluyó seguro de sí mismo—. Pero te juro por mi vida que jamás destruirá mis sentimientos.

El Capitán Alonso de Ojeda había tomado la costumbre de acudir cada mañana a la «Taberna de los Cuatro Vientos», a escribir sus Memorias en el rincón más apartado del enorme salón principal.

Lo hacía por tres importantes razones: en su humilde cabaña no tenía ni siquiera una mesa; el oscuro mesón era sin lugar a dudas el lugar más fresco de la ciudad, y su ya buen amigo Francisco Pizarro solía aprovechar que Catalina Barrancas, la viuda del recientemente fallecido Justo Camejo aún no se había levantado, para proporcionarle un abundante desayuno a base de queso, pan y una jarra de vino.

Para el analfabeto trujillano, el sincero afecto que al parecer le profesaba el Gobernador electo de la Provincia de Coquibacoa constituía sin lugar a dudas su más preciado tesoro, y a ello se unía ahora la desmesurada admiración que experimentaba por un hombre que era capaz de pasarse horas y horas escribiendo, lo que a él se le antojaba cosa de brujería.

—¿Tanto tenéis que contar? —inquirió una mañana tomando asiento frente a él y hojeando asombrado el grueso mamotreto que el otro guardaba en una vieja bolsa.

—Toda mi vida —fue la respuesta—. Y he vivido mucho.

—¿Habláis de vuestros duelos?

—Sólo de algunos, porque la mayoría se me olvidaron. He mandado al cementerio a tanta gente sin motivo que escribir sobre ello no merece la pena.

—Algunos de esos muertos os agradecerían que les

dedicarais al menos una línea. ¿Quién más se va a acordar de ellos?

—Los muertos tan sólo agradecerían que les devolviera la vida —sentenció el de Cuenca convencido—. Y la oportunidad de no volver a cruzarse en mi camino. Muchos me provocaron por el simple hecho de que era Alonso de Ojeda, y si conseguían matarme pasarían a ser famosos de la noche a la mañana. —Bebió un corto sorbo de vino y agitó la cabeza negativamente—. Y ese tipo de fama acaba convirtiéndose en una carga muy pesada, os lo aseguro. Insoportable a veces.

—¿Por qué la alimentasteis?

—Porque era joven. Y alocado. Y porque nunca imaginé que llegaría un momento en que todos esos muertos se pondrían de acuerdo para formar un corro en torno a mi cama impidiéndome pegar ojo.

—¿Eso hacen? —se asombró el otro.

—Al menos a mí me lo parece, que es lo que importa.

Por su parte, Vasco Núñez de Balboa solía acudir bien entrada la mañana, a «gorronear» un vaso de vino y un pedazo de queso, pero ni Ojeda ni Pizarro conseguían congeniar con un hombre que había perdido todo respeto por sí mismo, y más parecía un auténtico pordiosero que un hidalgo español sediendo de gloria.

Balboa no era estúpido y tenía una cultura muy superior a la de Pizarro y casi a la del propio Ojeda, pero se había abandonado de tal forma, que incluso los indígenas le despreciaban por su aspecto.

—¡Apestáis a demonios! —le solía increpar el conquense—. ¿Tanto os cuesta meteros en el río de vez en cuando?

—Huelo a miseria —era siempre la respuesta—. Y eso no se quita con agua y jabón. Cuando mi suerte cambie, cambiará mi olor.

—En ese caso temo que tendremos que sufrirlo largos años —contestaba el otro—. No veo que hagáis nada por mejorar vuestra situación.

—¡Llevadme a Coquibacoa!

—¡Antes muerto! Hay docenas de caballeros con muchos más méritos para tan noble empresa. No quiero borrachos en mi tripulación.

—¡Dejaré de beber!

—¡Pues empezad desde ahora!

Balboa lo intentaba, pero su fuerza de voluntad duraba lo que duraba la oportunidad de conseguir un trago gratis, y nadie en la isla daba un maravedí por su futuro, convencidos como estaban de que un amanecer aparecería con la garganta cercenada por cualquiera de sus incontables enemigos.

Tan sólo parecía sentir afecto y respeto por Ojeda, y en mucha menor proporción por el áspero Pizarro que tan poca simpatía le demostraba, y aunque cuando estaba sobrio era un hombre afable y a su modo encantador, bastaba un vaso de vino para convertirle en uno de los individuos más odiosos de la isla.

Uno de aquellos calurosísimos mediodías en los que acudía a sentarse junto al de Cuenca a rumiar su desgracia sin abrir siquiera la boca, hizo su entrada en la taberna un joven de mediana estatura, aire altivo y cuidada barba rubia que saludó a los presentes con casi exagerada cortesía.

—¡Buenos días, caballeros! —comenzó, con voz firme y en cierto modo autoritaria—. Lamento molestar, pero me han dicho que tal vez aquí me puedan dar razón sobre Don Francisco Pizarro.

—¿Quién lo busca? —quiso saber el aludido, fingiendo que se afanaba en sacar brillo al mostrador.

—Un pariente lejano —replicó el recién llegado con naturalidad—. Tengo entendido que desembarcó en Santo Domingo va para un año e hizo fortuna.

—¿Vuestro nombre? —inquirió Balboa.

—Cortés. Hernán Cortés Pizarro. Hijo de Martín Cortés y Catalina Pizarro.

—¿De los Pizarro de Medellín? —quiso saber el trujillano.

—Exactamente.

—¡Vaya por Dios! ¡El que faltaba! —Pizarro le miró de hito en hito, con innegable socarronería—. Si sois quien decís, tengo que daros una buena noticia y una mala noticia.

—¿La buena?

—Que habéis encontrado a vuestro pariente.

—¿Y la mala?

—Que toda su fortuna es una bayeta de secar mostradores.

—¿Esa que tenéis en la mano?

—Exactamente.

—¡Vaya por Dios! —le imitó el de Medellín, al tiempo que extendía los brazos—. Me alegra conoceros.

—Y a mí —admitió el otro—. Aunque vuestra presencia me desconcierta.

—¿Por qué razón?

—Tenía entendido que un tal Hernán Cortés, hijo de una prima segunda de mi padre, había embarcado con Ovando, pero de eso hace ya más de dos años. ¿Cómo es que aparecéis ahora?

—Es una triste historia —señaló el aludido visiblemente incómodo—. En vísperas de zarpar, un padre furibundo me sorprendió en la cama con su hija y me persiguió con tal ardor que al saltar un muro me rompí la pierna, lo que aprovechó para molerme a palos. La curación fue larga y dolorosa.

—¡Diantre! —rió Balboa divertido—. ¡Y luego hablan de mí! —Observó al otro como si estuviera calculando la calidad de sus ropas y el peso de su bolsa—. Lo que no entiendo es cómo habéis llegado, si hace más de un mes que no atraca ningún navío.

—Un tal Alonso Quintero me desembarcó a unas cinco leguas de aquí.

—¿Quintero? —repitió Balboa, interesado—. ¿El contrabandista? —Ante el mudo gesto de asentimiento lanzó un hondo suspiro—. Lo conozco —añadió—. Transporta el mejor vino riojano. Una vez participé en un desembarco y me pagó en especie.

—Pues yo tuve que pagarle el viaje fregando cubiertas —replicó Hernán Cortés con una leve sonrisa—. ¡Y es un barco muy grande!

—Eso quiere decir que estáis sin blanca —puntualizó Alonso de Ojeda interviniendo por primera vez.

—Ni blanca, ni negra. Todo cuanto tenía se lo quedaron los médicos sevillanos, y vergüenza me dio escribir a casa y contar mis cuitas. Mi padre lo había organizado todo para que hiciera el viaje con su primo, el Gobernador Ovando, y llegara aquí siendo ya uno de sus hombres de confianza. —Lanzó un resoplido—. Y lo he hecho en una nave cargada de vino, prostitutas y malhechores.

—¿Prostitutas? —inquirió interesado Vasco Núñez de Balboa—. ¿Qué clase de prostitutas?

—De la peor clase, os lo aseguro —sentenció el otro seriamente—. De las que no dan crédito por más que ruegues.

—¡Mala especie es ésa, en efecto! —convino Balboa agitando la cabeza—. No le tienen amor al oficio y no les mueve más que el interés. ¿Hermosas?

—Ni fu, ni fa. Había una morisca magnífica, pero se la quedó Quintero. Dormía en su camarote y si intentabas acercarte a ella sus hombres te tiraban por la borda. —Sacó una moneda y la colocó sobre el mostrador—. Vino para todos —pidió—. Hay que celebrar este encuentro.

Pizarro rechazó la moneda al tiempo que sacaba una jarra de vino y cuatro vasos.

—Permitid que esto lo pague Catalina Barrancas —dijo—. Y que os presente a Su Excelencia el Gobernador Alonso de Ojeda. Ese otro es Balboa.

—¿Alonso de Ojeda? —se asombró Hernán Cortés sin poder disimular su entusiasmo—. ¡No es posible! —Aferró una de sus manos casi como en un gesto de adoración—. ¡El Capitán Ojeda! ¡Mi héroe de la infancia! —exclamó extasiado—. La de noches que he pasado en blanco escuchando a mi padre contar vuestras aventuras. Fuisteis compañeros de armas en el sitio de Granada.

—¿De veras? —se sorprendió el otro—. ¡Es posible! ¡Éramos tantos!

—Tal vez lo recordéis si os digo que también fue vuestro testigo en un duelo.

—¡Querido amigo! —fue la respuesta—. Si ni siquiera me acuerdo de aquellos a quienes maté, menos me puedo acordar de los testigos. Lo entendéis, ¿verdad?

—Lo entiendo —admitió el otro—. Lo que no entiendo es cómo es que estáis aquí, cuando os imaginaba gobernando vuestro fabuloso reino de Coquibacoa en las costas de ese lugar que habéis dado en llamar Venezuela.

—¡El maldito dinero, amigo mío! En los tiempos que corren nada se mueve si no es por dinero, y de nada te vale que te concedan un reino si no cuentas con medios para conquistarlo. —Sonrió con ironía—. ¿No conoceréis por casualidad a alguien que esté dispuesto a invertir en semejante aventura? Garantizo que en un año triplica el capital.

—La verdad es que no conozco a nadie que disponga de más de cien maravedíes, pero en caso de que encontrarais un financiero, os quedaría muy agradecido si contarais conmigo a la hora de emprender semejante aventura. Soy bueno con la espada.

—Tendríais que poneros a la cola —intervino Balboa—. Hace años que espero, al igual que otros muchos a los que se les pasa la vida varados en este perdido rincón del universo. Santo Domingo es como una inmensa trampa de la que jamás saldremos.

Aquélla no constituía una simple opinión personal de quien acabaría siendo el conquistador de Panamá y descubridor del océano Pacífico, sino que se había convertido en un sentimiento común a todos cuantos vagabundeaban por la ciudad, muertos de hambre y sin la menor posibilidad de lanzarse a una de aquellas fabulosas exploraciones de tierras ignotas con las que desde tanto tiempo atrás venían soñando.

Hacía ya once años que se había puesto pie en lo que la mayoría consideraba un Nuevo Mundo, pero aún no habían traspasado su umbral puesto que en todo ese tiempo lo único que se había conseguido dominar de una forma casi definitiva era aquella isla.

Eran tantas las historias que se contaban sobre las pertentosas minas de oro de «Tierra Firme», o de lo que más tarde serían Cuba, Jamaica o Puerto Rico, y tan exagerado el número de perlas que se traían de Cubagua y Margarita, que aquellos miserables soldados de fortuna se sentían como niños hambrientos ante el escaparate de una pastelería sin poder alargar la mano y apoderarse de un pastel.

Diego Méndez, que seguía intentando aparejar naves con las que rescatar al Almirante, visto que Ovando continuaba sin acudir en su ayuda por duras que fueran las críticas de Fray Bernardino de Sigüenza, había hecho una detallada relación de las inconcebibles riquezas que —según los nativos— existían en Veragua, a diez días tierra adentro de la Costa de los Mosquitos, y los auténticos hombres de acción; los que acabarían formando la mítica raza de «Los Conquistadores», se desesperaban a causa de su obligada inactividad.

Pero la única preocupación del Gobernador parecía centrarse en repartir tierras, indios y honores entre sus más fieles seguidores, y perseguir a muerte a quienes le criticaban.

La política; una mezquina y miope politiquilla local, en la que la mayoría intrigaban con el único fin de conseguir una plantación de caña de azúcar y media docena de siervos, anteponía sus intereses a los de la joven nación que pretendía convertirse en gigantesco imperio, frenando día tras día el impulso de quienes pemanecían en la isla como fogosos caballos a los que no se les acabaran de abrir las puertas del establo.

Al oscurecer la «Taberna de los Cuatro Vientos» se convertiría en el centro de la vida de la ciudad.

A un lado se sentaban todos aquellos «caballeros de capa raída», desocupados a la espera de que alguien viniera a contratarles con vistas a explorar tierras ignotas, y que tenían como líderes indiscutibles al Gobernador Alonso de Ojeda y a un tal Juan Ponce de León, al que apodaban cariñosamente *El Viejo*, ya que tenía más de cuarenta años, pese a lo cual llevaba la voz cantante y era uno de los más entusiastas, pues estaba convencido de haber sido elegido por el destino para encontrar la fabulosa isla de Bímini, con su prodigiosa «Fuente de la Eterna Juventud».

Ponce de León, jamás encontraría dicha fuente, pero en sus infinitas correrías acabaría por conquistar la vecina isla de Puerto Rico, fundando la ciudad que lleva su nombre, y explorando más tarde las islas Bahamas para finalizar por descubrir la península de Florida, siendo por tanto el primer español que puso el pie en la actual Norteamérica.

El lado opuesto de la amplia estancia solían ocuparlo aquellos que a tanto loco sueño de aventura y libertad oponían el viejo principio de «Más vale pájaro en mano que ciento volando», y cuya máxima ambición se centraba en conseguir la plena implantación de la esclavitud y un generoso reparto de las tierras de La Española.

Una de sus cabezas visibles era la del joven e inteligente Bartolomé de Las Casas, hombre de amplia cultura y verbo fácil, lo que le permitía tener siempre una rápida y acertada respuesta a la mayoría de las cuestiones que se le planteaban, y al que sus correligionarios deseaban aupar a un puesto de responsabilidad en el gobierno de la colonia.

Como resulta lógico imaginar, los choques entre personajes de tan distinta forma de ver la vida constituía el pan nuestro de cada día.

Por fortuna, los sonoros altercados raramente solían pasar de las palabras, puesto que todos tenían muy presente de qué lado se inclinaba el peso de las armas; en especial teniendo en cuenta que en ese lado se encontraba la temida espada del Capitán Ojeda.

La indigna ejecución de Anacaona había estado sin embargo a punto de romper ese equilibrio el día que De Las Casas se permitió un soez comentario sobre la liberalidad de las costumbres sexuales de la Princesa, con lo que consiguió que el ponderado conquense olvidara por un momento su promesa de no volver a retar a nadie y le amenazara con abrirle las tripas como a un cerdo el día de San Martín.

Fue necesaria la intervención de Pizarro, que se había convertido en una especie de escudero fiel del Gobernador de Coquibacoa, para que no corriera la sangre, ya que tomando a De Las Casas por el brazo se lo llevó casi a rastras hasta la plaza.

—Tened en cuenta que no hago esto por Vos —puntualizó cuando al fin lo dejó sentado en el muro que rodeaba el copudo samán que daba sombra al recinto—, si no por Don Alonso. Sé que podría mataros con los ojos cerrados y una mano a la espalda, pero algo así es lo que está esperando Ovando para caer sobre él como un cernícalo.

—Es un asesino. Un sucio matachín al que cualquier día le ajustarán las cuentas —fue la ácida respuesta.

—¡Os equivocáis! —le hizo notar el de Trujillo—. Es alguien que respeta la vida ajena precisamente porque ha acabado con demasiadas. Para él es tan importante la vida del último «salvaje» como la del noble más encumbrado y antes mataría a un marqués que a uno de esos indios que pretendéis convertir en esclavos.

—¿Cómo puede compararlos?

—Siendo tan noble como es. De sangre y de espíritu. —Pizarro hizo una corta pausa en la que se limitó a observar a su interlocutor como si en el fondo lo compadeciera—. Sois demasiado joven —añadió—. Espero que los años os hagan cambiar y entendáis que cuando estas pobres gentes se enfrentan a nosotros arma en mano, se les debe considerar enemigos contra los que hay que luchar con todo el ardor, la fuerza y la astucia posibles, pero que cuando han sido vencidos, es necesario mostrarse generosos. Fueron hombres como Ojeda los que les derrotaron, e individuos como Vos, que en esa época estabais tranquilamente en España, los que pretenden esclavizarlos.

—Sin esclavos la isla nunca prosperará.

—¿La isla, o la gente ambiciosa? —quiso saber el otro—. Esta isla era un paraíso sin necesidad de esclavos, y por lo que veo la están convirtiendo en un infierno en el que nadie está a gusto. —Pareció dar por concluida la charla disponiéndose a regresar a su puesto en la taberna—. Tan sólo le pido a Dios que si algún día llego a ser alguien, me conceda la comprensión de Ojeda y me aleje de vuestra intransigencia.

Habría de pasar mucho tiempo antes de que el joven Bartolomé de Las Casas llegara al fondo de cuanto un simple mozo de taberna, que también muchísimo más tarde —siendo ya casi un anciano— habría de convertirse en el más audaz y cruel de los conquistadores, le dijera en aquella ocasión, y por el momento se limitó a contener su ira y tratar de buscar la forma de acabar con tanta «canalla hambrienta» que todo lo basaban en el derramamiento de sangre y el uso de la fuerza.

Aquella ciudad ahora modélica cuyas calles habían sido trazadas a cordel, aparecía infestada de vagos y aventureros que tan sólo soñaban con matar, y había que eliminarlos.

Tres días más tarde consiguió una entrevista con el Gobernador Ovando durante la que le expuso abiertamente un ambicioso plan para devolver a Sevilla a tanto indeseable.

—Una cosa son los militares sujetos a vuestra disciplina —dijo—. Y otra muy diferente esa camarilla de desarrapados que más parecen salteadores de caminos que hombres de bien. Nos han enviado la peor escoria de las cárceles, y mientras no nos libremos de ella no habrá forma de constituir una comunidad próspera y segura.

—Devolverlos no soluciona nada —fue la respuesta—. Aparte de que los que en verdad son reos de algo están aquí porque así lo quiere la Corona, y no soy quién para enmendarle la plana. En cuanto a los otros, no puedo deportarlos sin una razón de peso. Recordad que algunos, como Ojeda, son de noble familia, e incluso yo mismo estoy emparentado con el joven Cortés.

—En ese caso enviadlos a Cuba o a «Tierra Firme» —insistió el otro—. ¿No sueñan con conquistar? ¡Pues que conquisten!

—¿Cómo? —quiso saber Ovando—. Ahí tenéis a Ojeda, Gobernador de un reino del que ni siquiera puede tomar posesión por falta de dinero. ¡Y es el mejor!

—Pues si es dinero lo que le falta, encontrad la forma de que se lo proporcionen —aventuró el otro—. Moved vuestra influencia en la corte —añadió—. Que los Reyes vean con simpatía el intento de adentrarse en «Tierra Firme» e inciten a los banqueros a respaldar a Ojeda. Así, cuando se vaya, se llevará consigo toda esa escoria.

—A los banqueros no les gusta arriesgarse, y las últimas expediciones de Ojeda han acabado en auténticos desastres financieros —puntualizó el Gobernador—. ¿Qué razones puedo darles para que lo intenten de nuevo?

—El informe del Almirante sobre ese fabuloso reino de Veragua, en donde, según él, «Abunda más el oro que el hierro en España» —insinuó el otro ladinamente—. Diego Méndez no se recata a la hora de hablar de las increíbles riquezas de la región, y es ése un señuelo que puede atraer a más de un inversionista.

—Colón está muy desacreditado. ¡Es tanto lo que exagera!

—La cuarta parte de lo que cuenta bastaría para deslumbrar a muchos. —De Las Casas hizo un amplio gesto como pretendiendo abarcar cuanto le rodeaba—. Al fin y al cabo, todo esto es también una de sus «exageraciones».

Fray Nicolás de Ovando prometió meditar sobre la propuesta, e incluso dejar de oponerse en la sombra a que Diego Méndez consiguiese barcos conque rescatar al Virrey, y a decir verdad lo hizo, puesto que había llegado a la conclusión de que personalmente ambas cosas le favorecían.

Ejecutada Anacaona y con la isla prácticamente en calma, había llegado el momento de limpiar Santo Domingo de vagabundos, alborotadores y aventureros, dejando tan sólo a unos tranquilos burgueses a los que únicamente les preocupaban sus indios y sus tierras.

También se le antojaba oportuno devolver a Colón a España, de donde probablemente jamás regresaría dada su avanzada edad y visto el monumental fracaso de su última expedición, con lo cual se eliminaba una de las más inquietantes cargas que pesaban sobre la naciente sociedad dominicana.

Por otra parte, tampoco le desagradaba la idea de alejar al inquietante Ojeda, que seguía siendo la única persona que con su increíble prestigio y su carácter le hacía una molesta sombra que empezaba a considerar impertinente.

Y abrigaba, por último, la esperanza de que quizá, con un poco de suerte, el incordiante Fray Bernardino de Sigüenza optase por marcharse a ejercer su frustrada vocación de misionero en tierras de salvajes, con lo cual podría dar un suspiro de satisfacción, ya que a partir de aquel instante tan sólo tendría que preocuparse de administrar a su manera una isla que estaba clamando a gritos paz y progreso.

Con un buen contingente de indios caribes traídos de las Lucayas, para sustituir a los diezmados e inútiles taínos, La Española controlaría la producción mundial de azúcar, transformándose en un auténtico emporio de riqueza.

Desde la ventana del Alcázar podía distinguir los inmensos cañaverales que se alzaban en lo que antaño fueran selvas, y no podía por menos que sonreír al calcular la fabulosa cantidad de toneladas que podrían enviar a Sevilla cuando toda la isla no fuera más que una gigantesca plantación.

—Ése será el auténtico oro que nos haga ricos —se dijo—. El «oro dulce».

Tan sólo un matrimonio que tenía una hija delicada de salud a causa del largo viaje decidió renunciar al proyecto de instalarse en una isla desierta, prefiriendo desembarcar también en La Española, por lo cual, al atardecer del tercer día, el *Milagro* levó anclas y *Cienfuegos* rogó al nuevo capitán, Iñaki Dañobeitia —un vasco grande, coloradote y casi tan silencioso como el propio Moisés Salado— que pusiera rumbo a la ciudad de Santo Domingo, que hizo su aparición ante la proa cinco días más tarde.

Dejaron que cayera el sol, y al oscurecer largaron anclas muy cerca de la costa, al final de la hermosa playa que corría a todo lo largo del sur de la capital, donde se desembarcó a Don Luis de Torres y a cuantos concluían allí su singladura.

El adiós fue triste, pues tanto Ingrid como el canario tenían plena conciencia de que aquélla sería la última vez que verían al converso, y era éste un queridísimo amigo por el que sentían un afecto casi fraternal.

Muchas horas de charla e infinidad de vicisitudes les unían, y despedirse de él era como despedirse de una parte importante de sí mismos. La alemana no podía por menos que recordar cuántas veces fue su único consuelo en los momentos difíciles, y *Cienfuegos* tenía muy presente que había sido el primer hombre que le enseñó a comportarse como algo más que un cabrero salvaje.

Decidieron que también Bonifacio Cabrera y dos marinos bajasen a tierra con el fin de obtener noticias de última hora de cómo estaban las cosas en la ciudad, aprovechando la ocasión para reponer las provisiones que se habían consumido en el transcurso del viaje desde España, utilizando para ello el escaso dinero y el poco oro que quedaba.

Con la primera claridad del alba el navío se alejó quedando al pairo a unas tres millas de la costa, y para la mayoría de los que permanecían a bordo fue un día interminable y amargo, pues en lo más profundo de sus almas anidaba la convicción de que era la última oportunidad que tenían de vislumbrar una ciudad y un mundo «civilizados».

Iniciar una vida diferente, en la que todo tendrían que conseguirlo por sí mismos y no volverían a ver más caras que las que tenían en aquel momento a su alrededor, significaba dar un paso ciertamente arriesgado, por lo que muchos no podían evitar sentir una especie de nudo en el estómago, y una fría mano de hierro que amenazaba con desgarrarles el corazón.

Acodado en proa, el gomero contemplaba las lejanas naves del puerto soportando a duras penas el peso de su responsabilidad, puesto que si bien para él carecía de importancia el hecho de no volver a recorrer las calles de una ciudad, dado que la mayor parte de su vida la había pasado lejos de ellas, tomar conciencia de que tanta gente confiaba en él para organizar su futuro, le agobiaba.

Había aprendido a sobrevivir bajo las más adversas circunstancias y se sentía capaz de sacar provecho de la naturaleza más hostil, pero sabía muy bien que el suyo había sido un duro aprendizaje del que los otros carecían, y no cabía exigir a mujeres y niños lo que a sí mismo se exigía.

Había dejado pasar aquellos días estudiando con todo detenimiento a cada uno de los componentes del grupo, pero aún no había podido hacerse una clara idea de cómo reaccionarían frente a los terroríficos huracanes del Caribe, o cuando recibieran la visita de una piragua de salvajes caníbales dispuestos a devorarles.

Habían embarcado una buena provisión de pólvora y armas, pero la mayoría de aquellos pobres hombres no tenían la más mínima idea de cómo se manejaba una espada o un arcabuz, y tratándose de simples labriegos que jamás habían tenido que luchar por sus vidas, resultaba factible imaginar que a la hora de plantarle cara a un caribe de afilados dientes, echaran a correr presas del pánico.

Tendrían que encontrar una isla protegida de los vientos, levantar barricadas, construir casas, pescar, desbrozar la selva, plantar simientes, recoger las cosechas y aprovechar todo momento libre para aprender a utilizar un arma y rechazar al enemigo, al tiempo que se hacía imprescindible aprender también —y sobre todo— a convivir en paz y en armonía.

Araya, que cada día era más mujer y más hermosa, acudió a media tarde junto a él para tomar asiento en la borda con las piernas colgando sobre un agua bajo la que un gigantesco tiburón se deslizaba mansamente.

—Te noto preocupado —dijo.

—Más lo estaré si te caes y ese bicho intenta morderte —señaló.

—Estoy bien sujeta —fue la respuesta—. Yo siempre suelo estarlo. —Le miró a los ojos—. No debes inquietarte —añadió con aquella contagiosa tranquilidad que hacía que todos se sintiesen seguros a su lado—. Encontraremos una isla preciosa y seremos felices. Recuerda que mis dioses lo predijeron.

—También predijeron que serías reina y que habitarías en un palacio con techos de oro.

—Eso vendrá más tarde —rió ella—. ¡Mucho más tarde! Cuando sea vieja.

—A veces tengo la impresión de que eres la persona más vieja que he conocido —le hizo notar el cabrero.

—«Madura», es la palabra —puntualizó Araya con su enigmática sonrisa—. No confundas los términos. —Se volvió para indicar con un ademán de cabeza a los hombres que dejaban pasar el tiempo jugando a las cartas a la sombra, y a las mujeres que repasaban la ropa en la toldilla de popa—. Los he estado observando —dijo—. Están asustados.

—Yo también.

—No —señaló la muchacha convencida—. Tú jamás

te asustas. Todo lo más, te preocupas, que es muy distinto. —Volvió a contemplar al tiburón que seguía girando mansamente, como si confiara en que tuviera un descuido—. Ellos están asustados, pero también están decididos porque más les asusta lo que dejaron atrás. Todo irá bien —concluyó—. Muy bien, no debes preocuparte.

—¿Cómo lo sabes? Los pequeños dioses de tu pueblo no pudieron anunciarte nada sobre campesinos españoles que emigraban a una isla desconocida. Ni siquiera sabían que existieran.

—«Los pequeños dioses de mi pueblo» como tú los llamas, no han muerto —replicó Araya sonriente, al tiempo que saltaba de nuevo a cubierta—. Están aquí, siempre a mi alrededor, y a veces me cuentan cosas al oído. —Rió divertida una vez más—. ¡Cosas maravillosas!

Se alejó con su ágil paso de gacela, y cuando al oscurecer comenzaban a preparar la maniobra de regreso a la playa, el cabrero se aproximó a Ingrid que leía tranquilamente un libro.

—Hay algo en lo que no hemos pensado y que deberíamos decidir antes de zarpar definitivamente —dijo—. Se trata de Araya.

—¿Qué le ocurre? —se sorprendió ella.

—Que sin darnos cuenta, se ha convertido en una mujer.

—Serás tú quien no se ha dado cuenta —le hizo notar—. Yo lo sé hace ya mucho tiempo. Es toda una mujer, y una mujer maravillosa.

—Ahí está el problema —puntualizó el cabrero—. Bonifacio ha decidido llevarse a esa india con la que parece encaprichado, y por lo tanto no quedará en la isla un solo hombre libre para Araya. Y no me parece justo.

—No te preocupes por Araya —le tranquilizó la alemana con una leve sonrisa—. Tiene sus propios planes.

—¿Qué clase de planes? No creo que aspire a convertirse en ladrona de maridos, y pueden pasar años antes de que volvamos.

—¡Olvídalo!

—No quiero olvidarlo —replicó el gomero con firmeza—. Ésta es su última oportunidad de quedarse en Santo Domingo y debería pensárselo. A ella no la persigue nadie.

—Nunca se quedaría —fue la segura respuesta—. Somos su familia; lo único que tiene en el mundo.

—Pero no hemos pensado en ella —se lamentó *Cienfuegos*—. Estábamos tan preocupados por nuestra propia seguridad, o por salvar a Anacaona, que no caímos en la cuenta que no podíamos disponer de su vida como si fuera una niña.

—Yo sí he pensado —musitó Ingrid—. Lo hemos hablado y estamos de acuerdo.

—¿En qué?

—Son cosas nuestras.

—Ésa no es respuesta —le hizo notar—. Ahora somos una comunidad en la que todos los problemas son de todos, y yo soy el principal responsable de que funcione. Y no me parece conveniente que una chica tan hermosa no tenga pareja ni posibilidad de conseguirla. Provocará conflictos.

—Araya nunca provocará conflictos.

—¿Cómo puedes estar tan segura?

—Porque ya tiene pareja.

—¿Ah, sí? —se sorprendió el cabrero—. ¿Quién?

—Tú.

Si en ese momento le hubiese caído en la cabeza la botabara de la mayor, *Cienfuegos* no se hubiera sentido más aturdido, pues de improviso tuvo la sensación de que la cubierta se estremecía de punta a punta y el barco se hundía en los abismos del mar de los Caribes.

—¿Yo? —balbuceó al fin estupefacto—. ¿Es que te has vuelto loca?

—En absoluto. Estoy más cuerda que nunca.

—Yo soy tu marido.

—Aquella ceremonia fue de lo más discutible, pero aun en el caso de que la diéramos por válida, allí donde vamos deberemos ajustarnos a nuestras propias leyes, y si Araya y yo estamos de acuerdo en compartir a un hombre, no creo que nadie venga a prohibírnoslo.

—¿De acuerdo...? —repitió el gomero temiéndose lo

peor—. ¿Quieres decir que os habéis puesto de acuerdo en algo tan sórdido?

—¿Qué tiene de «sórdido»? —se indignó la alemana—. Araya te quiere desde el día en que te conoció. Y yo la quiero, y ella a mí. —Hizo una pausa que aprovechó para colocarle la mano sobre el antebrazo, con profundo cariño—. Sé que mi tiempo se acaba —añadió—. Que tan sólo me quedan dos o tres años de ser la clase de mujer que puede darte cuanto un hombre como tú necesita. —Le miró a los ojos—. ¿Qué haré entonces? —inquirió—. ¿Verte sufrir porque no encuentras las respuestas que esperas de mí, al tiempo que una criatura a la que considero casi mi hija se consume por ti, o ser lo suficientemente generosa como para comprender que nos podemos continuar queriendo de un modo muy distinto?

—No hay modo distinto de quererse —replicó él con naturalidad—. Tú eres mi mujer; lo has sido siempre y seguirás siéndolo por años que pasen. —Negó con seguro gesto de la cabeza—. Y Araya es como mi hermana o mi hija. Jamás podría tocarla.

—No es ni tu hija, ni tu hermana —sentenció ella—. Todavía no te has acostumbrado a verla como mujer, pero poco a poco te harás a la idea. —Le besó en la comisura de los labios—. Dejemos que el tiempo pase —concluyó—. Ese tiempo será su principal aliado, y mi mayor enemigo.

—Lo que propones se me antoja inmoral, y nunca imaginé que pudieras ser una mujer inmoral.

—La moralidad no es más que las costumbres que nos imponen —puntualizó ella—. Para Araya esto es lo normal, porque es lo que suelen hacer los indígenas. —Sonrió a sus pensamientos—. Al fin y al cabo —añadió—, el cristianismo es casi la única religión que considera inmoral la poligamia y hace unos meses ni siquiera estabas bautizado.

—Pero ahora lo estoy, quiero ser consecuente con ello, y no me prestaré a ese juego —replicó el gomero.

—De acuerdo.

El tono en que lo había dicho obligó a dar un respingo a *Cienfuegos*, que la aferró por el brazo en el momento en que se disponía a alejarse.

—¡Un momento! —pidió—. No te vayas. ¿Qué has querido decir con eso?

—Lo que he dicho —respondió ella con falsa naturalidad—. Si tú no quieres, no quieres y punto. Como comprenderás, no es algo a lo que se te pueda obligar.

—¡Naturalmente que no! Y no me parece justo que decidáis mi futuro como si fuera un vestido usado que piensas regalar cuando te quede estrecho. Soy un ser humano y se supone que tengo sentimientos.

—Lo se —admitió Ingrid—. Soy quien mejor lo sabe en este mundo. Llegué a pensar que ésa sería la mejor solución para todos, pero si no te convence, no hay nada que hablar.

—¿Seguro?

—Seguro.

—¿Y qué pasa con Araya?

—¿Araya? —*Doña Mariana Montenegro* se limitó a encogerse de hombros—. Si crees que va a convertirse en un problema oblígala a desembarcar. —Hizo un gesto como queriendo señalar que las cosas escapaban a su control—. Seguro que en Santo Domingo habrá alguien dispuesto a aceptarla como esclava. Al fin y al cabo es una indígena, y en último caso, puede encontrar trabajo en el prostíbulo de Leonor Banderas.

—Eso es cruel —se lamentó el canario—. Cruel e injusto.

—Pues piensa otra solución —señaló ella—. Pero hazlo pronto, porque nos estamos aproximando a la costa.

La oscuridad avanzaba con la tremenda rapidez con que suele hacerlo en el trópico, y el capitán Dañobeitia había ordenado izar únicamente los foques con objeto de navegar muy lentamente a la espera de la señal que Bonifacio Cabrera tenía que hacer desde la playa.

A los veinte minutos habían largado anclas y las lanchas auxiliares fueron botadas al agua para encaminarse al punto en que las olas rompían apenas contra la arena, con el fin de recoger el cargamento de los carromatos que aguardaban entre las palmeras.

Ingrid hizo un gesto hacia las luces que comenzaban a encenderse en la ciudad, e insistió en un tono que hizo que el canario se sintiera incómodo:

—Decídete, porque Araya necesita tiempo para recoger sus cosas si la tienen que dejar en tierra cuando regresen las barcas.

—Sabes muy bien que no puedo obligarla a desembarcar —protestó—. La considerarían una nativa y le aplicarían las nuevas leyes que prepara Ovando. —Negó con la cabeza—. Pero tampoco estoy dispuesto a aceptar lo que habéis tramado —añadió—. Nunca, y bajo ninguna circunstancia.

—Estás en tu derecho —reconoció ella con calma—. Nadie te puede obligar a acostarte con quien no quieras.

Cienfuegos permaneció un largo rato en silencio, observando cómo los botes se alejaban para acabar por perderse en las tinieblas, y cuando ya no tuvo ante sus ojos más que la oscuridad de la noche, inquirió en un tono de invencible amargura:

—¿Qué he hecho para que dejes de quererme?

—¿Dejar de quererte? —se asombró *Doña Mariana*—. ¡Oh, vamos! Pídeme que me tire al mar y lo haré en el acto. —Se apretó contra él—. Te quiero tanto —añadió con absoluta sinceridad— que lo que en verdad me asusta es pensar que algún día me convertiré en una carga para ti. Estoy segura de que en ese caso acabaré suicidándome.

Durante los días que siguieron, y mientras el *Milagro* navegaba hacia el Oeste a lo largo de la costa del último lugar civilizado que encontrarían en su camino, el canario *Cienfuegos* tuvo tiempo de meditar sobre cuanto la alemana le había dicho, pero por más que lo intentó, le resultó imposible clarificar sus ideas sobre los muchos y encontrados sentimientos que se habían despertado en su interior.

Lo que más le inquietaba era la seguridad de que ya no podría contemplar a Araya como a la niña de la que se preocupaba como de una hija, sino que cada vez que sus miradas se cruzasen se comportaría como si compartieran un oscuro secreto que en cierto modo le avergonzaba.

Jamás había tenido un solo pensamiento indigno con respecto a ella, por más que admitiese que se había convertido en una mujer excitante, pero de pronto le asaltaba la desagradable sensación de espiarla con los mismos ojos con que la espiaban el resto de los hombres.

Pretendía convencerse de que seguía siendo la misma niña soñadora que descubriera en las ruinas de un poblado en compañía de una vieja medio loca, pero lo cierto era que aquella niña no era ya más que un recuerdo que nada tenía que ver con la evidencia de un cuerpo que vibraba tan sólo de rozarlo.

Araya parecía llevar en su interior a todos aquellos traviesos diosecillos de los que siempre hablaba, aunque podría creerse que ahora sus travesuras se limitaban a conseguir que cada uno de sus gestos, su mirada o sus palabras pareciesen impregnados de un componente erótico que escapaba por cada poro del cuerpo de la muchacha sin que ella misma lo pretendiera.

Muchas cosas le habían ocurrido al canario *Cienfuegos* desde el lejano día en que conoció a la alemana Ingrid Grass en una laguna de las montañas de la isla de La Gomera; muchas más de las que hubiera imaginado nunca que podrían ocurrirle, pero de todas ellas aquella situación se le antojaba sin lugar a dudas la más desconcertante, puesto que por mucho que lo intentara no lograba entender que la mujer que le había seguido hasta el confín del universo, hubiese concebido la absurda idea de cedérselo a otra pese a seguir queriéndole.

—Empiezo a estar harto —se dijo con evidente malhumor y como si con ello solucionase sus difíciles problemas—. Yo no tengo la culpa de que Ingrid naciera antes, ni de que se sienta vieja cuando a mí me da la impresión de estar empezando a vivir. Lo único que quiero es estar siempre a su lado y que no cambie.

—No cambies nunca, por favor.

—Ya he cambiado —replicaba la alemana en un tono de incontenible tristeza—. Y tú también lo has hecho; eres más alto, más fuerte, más inteligente y más hermoso. Todos cambiamos para bien o para mal y es algo inevitable.

Cada noche hacían el amor, y dado que *Cienfuegos* hubiera deseado hacerlo hasta el alba, le frustraba advertir cómo a partir de un cierto momento ella tenía que esforzarse por responder a sus caricias como si inconscientemente le rechazase.

El canario jamás se cansaba de acariciar aquel cuerpo, beber en aquella dulce fuente, contemplar aquel rostro que aún ajado continuaba antojándosele fascinante, y aspirar aquel aroma que le embriagaba como el más fuerte de los licores, pero resultaba evidente que Ingrid no participaba ya de idéntico entusiasmo, y en cierto modo respondía a sus efusiones más por cariño que por auténtica pasión.

Al propio tiempo Araya parecía estar abrasándose por culpa de un reprimido deseo que la estaba consumiendo, y eso daba lugar a una tensa situación que al gomero le enervaba.

Cuando al fin rebasaron la punta del Cabo de San Miguel y las costas de La Española comenzaron a difuminarse a sus espaldas al poner proa a la diminuta isla de La Navata, *Cienfuegos* ascendió hasta el puente de mando en el que el capitán Dañobeitia estudiaba una rudimentaria carta marina, para rogarle que mantuviera fijo el rumbo hacia la costa norte de Jamaica.

—Según parece, el Almirante aún sigue allí —dijo—. Podemos permitirnos el lujo de perder unos días en recogerle y llevarle de regreso a Xaraguá. Tenemos toda una vida por delante.

—Quien manda, manda —fue la escueta respuesta del vasco—. Pero os recuerdo que por lo que he oído quedan también allí más de cien hombres, y ya la tercera parte nos pondría en serios apuros. Este barco no está pensado para tanta carga.

—No tengo intención de rescatarlos, sino tan sólo de salvar al Almirante y algún otro —le hizo notar el cabrero—. Una vez en Santo Domingo ya se preocupará él de procurar que busquen al resto de su gente. Es lo mínimo que puedo hacer por el Virrey. Al fin y al cabo, fui polizón en uno de sus barcos, y es el mejor marino que nunca haya existido. Le debo ese favor.

—¿Es cierto ese rumor de que sois el único superviviente del desgraciado «Fuerte de la Natividad»? —inquirió el capitán Dañobeitia al parecer interesado por primera vez en algo.

—No deberíais prestar demasiado crédito a los rumores —le hizo notar el gomero—. La gente suele tener excesiva tendencia a exagerar.

—No creo que Don Luis de Torres sea de los que exageran —fue la respuesta—. Y según él navegabais juntos en el primer viaje del Almirante. Es más: asegura que estabais al timón cuando se perdió la *Santa María*.

—¡Querido amigo! —se limitó a señalar *Cienfuegos*—. Si todo ocurre como está previsto, lo más probable es que pasemos el resto de nuestra vida juntos. —Sonrió con picardía—. Eso quiere decir que dispondremos de mucho tiempo para contar viejas historias. De momento no os preocupéis más que de encontrar las naves de Colón sin encallar también en un bajío.

Al amanecer del tercer día hizo su aparición ante la proa la escarpada costa norte de Jamaica, y la fueron bordeando a poco más de dos millas de distancia, atentos a la aparición de la pequeña rada o la recogida playa en la que el Almirante hubiese logrado varar sus naves.

Tardaron dos días en descubrirla, y justo en el momento de divisar a tres hombres agitando los brazos, el cabrero ordenó virar a estribor, rumbo al Norte, alejándose mar adentro como si no hubieran visto a los náufragos, pues estaba consciente del peligro que significaba aproximarse demasiado a una costa por la que vagabundeaban un centenar de desesperados hambrientos que llevaban casi dos años pasando infinitas calamidades, y de cuyo sentido de la disciplina probablemente nadie respondía a ciencia cierta.

Poner al alcance de sus manos un navío con el que regresar a sus hogares significaba a todas luces una tentación demasiado fuerte, teniendo en cuenta, además, que según había comentado el Capitán Diego Escobar, una parte de ellos se había alzado en armas contra el Virrey y campaban a sus anchas por la isla, robando y saqueando.

Debido a ello se hacía necesario obrar con extrema prudencia y tan sólo cuando al fin comenzó a oscurecer, el *Milagro* viró en redondo regresando al punto en que se encontraban las naves para aproximarse sin luces y dejar caer las anclas a la vista ya de la media docena de hogueras del improvisado campamento.

El canario hizo botar al agua una lancha repleta de víveres, y acompañado por tres marineros bogó en silencio hasta varar en la arena, a unos quinientos metros de las hogueras.

—Descargarlo todo y esperadme —pidió—. Confío en regresar dentro de un par de horas.

Se aproximó por entre las palmeras hasta distinguir los restos de las naves que no eran ya más que un montón de maderos desparramados por la arena, y observó atentamente las idas y venidas de los escasos centinelas que hacían su ronda con el aburrido aire de quien no espera peligro alguno ni imagina que su misión tenga otro objeto que hacerle perder horas de sueño.

No le costó el menor esfuerzo establecer cuál era la cabaña del Almirante, y cuando se aproximó aún más pudo advertir cómo hacía su aparición en el umbral para aspirar profundamente el fresco aire de la noche, y tras agitar repetidamente las manos ante la cara como si estuvieran espantando mosquitos, penetró de nuevo en la choza cerrando la puerta a sus espaldas.

Aguardó un largo rato, y cuando tuvo la casi absoluta certeza de que estaría durmiendo, se aproximó con aquella especial habilidad suya que le permitía convertirse en una sombra más entre las sombras, aunque en el momento de deslizarse furtivamente en el interior de la cabaña, le desconcertó enfrentarse a la inquisitiva mirada del Virrey, que sentado en un viejo sillón y con el pie sobre un taburete, le observaba con los ojos entrecerrados.

—¿Y bien? —fue todo lo que dijo dejando descansar sobre el regazo el libro que estaba leyendo a la luz de una maloliente lamparilla de aceite—. ¿A qué viene semejante intromisión? ¿Acaso pretendes asesinarme?

—¡En absoluto, Excelencia! —se apresuró a tranquilizarle el gomero—. Por el contrario, pretendo ayudaros.

—¿Ayudarme? —se sorprendió Colón—. Extraña forma de ayuda es ésta de penetrar como un criminal cuando se supone que estoy durmiendo. Dile al Capitán Porras que si quiere acabar conmigo que venga en persona. En honor a la verdad admito que le tenía en poca estima, pero jamás pude imaginar que fuera de los que envían asesinos.

—Os repito, Excelencia, que no he venido a haceros daño, sino todo lo contrario —se impacientó *Cienfuegos*—. Y no tengo la menor idea de quién es ese tal Capitán Porras. Acabo de desembarcar en la isla hace media hora.

—¿Desembarcar? —se sorprendió Colón—. ¿Por ventura navegas en el barco que divisamos esta tarde en lontananza?

—Así es, Excelencia —afirmó el canario—. Nos alejamos en cuanto os vimos, puesto que no quería que vuestra gente alimentara falsas esperanzas. No estamos en condiciones de salvarlos, pero sí de trasladaros a Vos, y quizás a una docena más, hasta la vecina isla de La Española.

—¿Cómo has dicho? —inquirió casi estupefacto Don Cristóbal Colón, Virrey de Las Indias y Almirante de la Mar Océana—. ¿Acaso se te ha pasado por la mente la idea de que pueda marcharme abandonando a todos aquellos que me siguieron? ¡Tú estás loco!

—Una vez lo hicisteis, Excelencia. En el «Fuerte de La Natividad».

—¿Qué sabes tú de lo que allí ocurrió?

—Lo sé porque estaba presente —le hizo notar—. ¿Os acordáis del grumete pelirrojo que empuñaba el timón la aciaga noche del naufragio? Era yo.

—¡Vaya! —musitó el Almirante—. Había oído hablar de un supuesto sobreviviente de aquella tragedia, pero nunca imaginé que algún día acudiría a visitarme en mitad de la noche. —Hizo un leve gesto de impotencia—. ¿Qué es lo que pretendes? —inquirió—. ¿Vengarte?

—En absoluto —le tranquilizó una vez más el canario—. Sólo quiero ayudaros.

—¡Escucha! —susurró Colón inclinándose y hablándole como si estuviera confesándole un fantástico secreto—. La soledad, la enfermedad y la amargura, me obligan a tener en estos últimos tiempos infinidad de extrañas visiones, hasta el punto de que con frecuencia no acierto a discernir si lo que estoy viviendo es realidad o fruto de mi mente. —Hizo una corta pausa—. Tal vez me he vuelto loco; tal vez soy ya demasiado viejo, o tal vez se deba a que estos malditos mosquitos no me permiten descansar ni un solo instante. No lo sé —añadió con sincera indiferencia—. Pero lo que sí sé, es que realidad o ficción no me impresionas, ni conseguirás que cruce por mi mente la idea de traicionar a quienes confían en mí. Sólo saldré de esta isla, cuando hayan salido todos. ¡Y ahora vete! —ordenó en tono inapelable—. Vete y no vuelvas.

El canario *Cienfuegos* permaneció largo rato en silencio, observando apenado al hombre que conoció en el momento de mayor esplendor que nadie alcanzara jamás, y que ahora aparecía al borde del colapso, quizá de puro agotamiento, o quizás aplastado por el insoportable peso de sus infinitas desgracias.

Tenía los ojos enrojecidos por la falta de sueño, enormes ojeras violáceas y un rictus tal de fatiga física y moral, que podría creerse que el fondo de su alma hubiera deseado que un asesino acudiera a liberarle de todos sus padecimientos y cuando tomó de nuevo el libro y se sumergió en su lectura, el canario comprendió que nada más le quedaba por hacer allí, y todo intento de convencerle era tiempo perdido.

—Al final de la playa he dejado algunas provisiones —dijo—. No es mucho, pero es todo cuanto está en mi mano. —Sonrió con tristeza—. Quizás os sirva para que a la luz del día comprendáis que no soy un fantasma surgido del pasado, sino tan sólo un viejo amigo que intentó hacer algo por Vos. ¡Que Dios os bendiga!

Abandonó la choza sin que Don Cristóbal Colón, Virrey de Las Indias y Almirante de la Mar Océana, se dignara alzar los ojos del libro que tenía en las manos.

Diego de Salcedo, alias *El Jabonero*, se había convertido en uno de los hombres más ricos de Santo Domingo, gracias al hecho de que en su época de Gobernador de La Española y Virrey de Las Indias, Don Cristóbal Colón le había concedido el monopolio de la fabricación y comercio del jabón en todos los territorios al oeste del «Océano Tenebroso».

No puede decirse que los hombres y mujeres de Santo Domingo fueran excesivamente aficionados a gastar su dinero en los productos que vendía —unos cuadrados mazacotes, bastos y malolientes, fabricados de la forma más rudimentaria imaginable— pero al no existir competencia las monedas se habían ido amontonando sobre el mostrador de su mugriento cuchitril, hasta el punto de que con el paso del tiempo aquel hombrecillo oscuro y retraído en el que nadie reparaba, había acabado por amasar una sólida fortuna que invertía en muy distintos sectores, incluido, según se decía, el siempre rentable negocio de la usura.

Soltero y sin parientes, no tenía amigos ni se le conocía más vicio ni virtud que su increíble capacidad de ahorro y de trabajo, hasta el punto de que se aseguraba que cuando una vez al mes visitaba el lenocinio de Leonor Banderas, pagaba sus servicios con una enorme cesta de jabón.

No resulta extraño, dada la calidad humana del personaje, que el fiel Diego Méndez se quedara de piedra el día en que el escurridizo *Jabonero*, que hablaba tan ronco y tan bajito que su voz apenas resultaba audible, le buscó para notificarle que estaba dispuesto a correr con todos los gastos que exigiese el ir a rescatar a los hombres de Colón y enviarlos de regreso a España.

—¿Por qué? —quiso saber incrédulo ante tan extraordinaria oferta.

—Motivos personales —fue la evasiva respuesta del tímido hombrecillo.

El dinero y la voluntad mueven montañas, y cuanto no se había conseguido en once meses lo consiguió Salcedo en cuestión de semanas, e incluso le pagó a Diego Méndez el pasaje en primera clase a bordo de una carabela que partía hacia Sevilla, para que de ese modo se adelantara a hacer entrega de la carta que Colón enviaba a los Reyes.

Fue así, como en el mes de junio de 1504, a los pocos días de que sus aún fieles seguidores derrotaran a los rebeldes que se habían unido al traidor Francisco de Porras, ex capitán de una de sus naos, Colón observó cómo Diego de Salcedo fondeaba sus barcos frente a la playa, para ordenar que le condujeran a tierra, y clavar la rodilla ante él inclinando la cabeza humildemente.

—Aquí me tenéis, Señor —dijo—. Siempre a Vuestras Órdenes. Y permitidme ofreceros una vez más cuanto poseo.

El Virrey, al que la vista cada día le fallaba más, y cuya memoria emprendía a menudo largas travesías de las que tardaba mucho tiempo en regresar, hizo un leve intento para alzarse del lecho en que le tenía postrada la gota, aunque el dolor le obligó a desistir de inmediato.

—¿Quién eres? —quiso saber al fin.

—Diego de Salcedo, *El Jabonero* —replicó el otro sin sentirse en absoluto ofendido por el hecho de no haber sido reconocido—. Alguien que os debe todo cuanto es y acude a devolvéroslo.

Se diría que al Almirante le costaba un gran esfuerzo asimilar el hecho de que existiera un hombre que demostrase de tal forma su agradecimiento, y tras permanecer largo rato en un extraño silencio que nadie se atrevió a romper, musitó roncamente:

—Curioso resulta comprobar que quien como yo ha ofrecido países y fortunas sin recibir a cambio más que odio y desprecio, venga a ser socorrido por alguien a quien sólo le ofreció la oportunidad de ganarse la vida honradamente. ¡Levántate! —añadió—. Y siéntate aquí, a mi lado.

—¡Eso nunca, Señor! —protestó *El Jabonero* casi escandalizado—. Sé bien cuál es mi puesto.

—Tu puesto estará de ahora en adelante junto a mi corazón, en un pequeño lugar que tan sólo ocupan media docena de seres muy queridos. —Tosió repetidas veces dado que la salud parecía querer escapársele por cada uno de los innumerables ángulos de su esquelético cuerpo, y cuando al fin consiguió recuperar un hilo de voz añadió fatigosamente—. Más alegría me produce que seas tú quien acude en mi ayuda, que si lo hiciera el Gobernador en persona con acompañamiento de timbales y fanfarrias.

De ese modo tan extraño pasó a la historia uno de los hombres más grises e ignorados de su tiempo; un avaro que jamás diera una moneda al más necesitado, ni fiara una pastilla de jabón al más mugriento, y por mucho que algunos lo intentaran, nadie consiguió nunca averiguar por qué lo hizo.

De regreso a Santo Domingo, Salcedo se negó a que le fuera devuelto el dinero, rechazó con firmeza cuantos títulos y honores pretendió concederle el Almirante, e incluso renunció poco más tarde al monopolio que tan jugosos beneficios le reportaba, volviendo a convertirse en el personaje anónimo y sin personalidad que siempre fuera, sin que se sepa con exactitud si concluyó sus días en la isla, o por el contrario eligió irse a morir a España.

Tal vez la gratitud era un mérito que ensombrecía en él cualquier otra virtud, o tal vez estuviera consciente de que con su acción había comprado una línea en la historia, pero fueran cuales fueran sus motivos, a él le bastaron y jamás volvió a mencionar el hecho de que había entregado años de duro trabajo a una causa que consideraba justa.

El viaje hasta La Española, con mar brava y viento en contra resultó muy duro, siendo necesarias tres semanas de navegación para recorrer la distancia que *Cien-*

fuegos recorriera en ocho días, pero al llegar a la capital el Almirante se sorprendió al descubrir que el Gobernador Ovando, que tanto le había ignorado y ofendido, le recibía con honores de Virrey y le dedicaba toda la atención y el afecto que no le había dedicado en más de un año.

Cenaron juntos, sin más compañeros de mesa que el joven y estusiasta Hernán Cortés, que ya se había ganado la confianza y el afecto del tío segundo de su padre, y fue aquélla una cena muy especial, pues se diría que en el ánimo de los comensales anidaba el convencimiento de que constituía uno de los últimos actos «oficiales» del hombre que había cambiado los conceptos de lo que eran el mundo y sus fronteras.

Inapetente, el Virrey se limitaba a urgar, en el plato, y tan sólo de modo esporádico parecía prestar atención a cuanto los otros comentaban.

Mucho más tarde, sentado ya ante la apagada chimenea y con la pierna extendida, lo que al parecer aliviaba notablemente sus dolores, observó a sus acompañantes y con voz tranquila, como si no estuviera hablando de sí mismo, sino de alguien con quien apenas tenía trato, señaló:

—Las cosas ocurrieron tal como estaba escrito que ocurrieran, y no hay razón para pedir explicaciones ni afear actitudes —comenzó—. Se atravesó el océano porque el Señor así lo había dispuesto y anunciado a través de sus profetas, al igual que dispone y anuncia todo cuanto ocurre o ocurrirá en el futuro. —Hizo una pausa como si buscara palabras que expresaran con toda exactitud cuanto pretendía decir, y añadió por fin en idéntico tono—: El Señor tuvo a bien concederme el máximo honor que se le puede conceder a un ser humano: ensanchar los límites que él mismo había impuesto al planeta, pero para no ser demasiado injusto con el resto de los mortales, me envió de igual modo terribles sufrimientos que me veo obligado a aceptar con la misma naturalidad con que acepté la gloria. La mía ha sido la existencia más apasionante que hombre alguno haya tenido, y por ello agradezco a cuantos, para bien o para mal, formaron parte de ella, que la templaran como se templa el acero, pasando del frío al calor y golpeándolo con fuerza. —Lanzó un hondo suspiro—. Gracias a ello llegué tan lejos aunque me encuentre ahora tan cansado.

Resultaba evidente que los años y las humillaciones habían humanizado a un hombre cuyos principales defectos habían sido el desmesurado orgullo y la prepotencia, pero cumplido ya el medio siglo, Colón había adquirido una visión de la vida mucho más acorde con la realidad, hasta el punto de que podría decirse que había tomado plena conciencia de que el naufragio de sus naves en las costas jamaicanas, había sido más bien el naufragio final de todas sus ambiciones.

Estaba ya muerto en vida y lo sabía.

Durante los dos años escasos que su maltratado cuerpo habría de continuar arrastrándose por tierras castellanas, él, que hubiera preferido mil veces morir recorriendo mares lejanos, no tuvo fuerzas más que para intentar salvar algún resto de ese naufragio con destino a sus hijos, consciente como estaba de que los descendientes de personajes extraordinarios no suelen saber desempeñarse por sí mismos.

A última hora de la noche, el joven Hernán Cortés, que apenas había abierto al boca, impresionado sin duda por la personalidad del Almirante, no pudo contener por más tiempo su curiosidad e inquirió tímidamente:

—¿Os importaría responder a una pregunta, Excelencia?

—Dime, hijo.

—De todos los sufrimientos, malos ratos y calamidades sin cuento que se han abatido sobre Vos en estos años, ¿cuál ha sido el más difícil de sobrellevar?

Su Excelencia Don Cristóbal Colón, Almirante de la Mar Océana y Virrey de Las Indias meditó largo rato; tan largo, que podría llegar a creerse que estaba pasando minuciosa revista a cada uno de aquellos cincuenta años de vida y las infinitas vicisitudes que le habían deparado, y por último, asintiendo como si él mismo estuviese absolutamente convencido de sus palabras, replicó:

—Los mosquitos.

—¿Cómo habéis dicho? —musitó el futuro conquistador de México, temiendo haber oído mal.

—He dicho que los mosquitos —replicó el otro—. Y a fe que cuanto más lo pienso, más me reafirmo en ello.

—¡Los mosquitos! —exclamó Hernán Cortés incrédulo—. ¡Es absurdo!

—¿Qué tiene de absurdo? —inquirió Colón con naturalidad—. Si algún día visitas las costas de poniente, que bauticé con toda propiedad «Costa de los Mosquitos», te asaltarán por millones causándote un dolor insufrible, volviéndote loco con sus zumbidos, haciendo que todo tu cuerpo se hinche como si fuera a estallar atacado por las fiebres, e impidiéndote dormir como me ocurrió en Jamaica durante todo un año. —Sonrió con amargura a sus recuerdos—. El ser humano puede soportar muchas cosas a condición de descansar de tanto en tanto, pero si no logra pegar ojo y esos zumbidos se convierten en una auténtica obsesión, te juro que se acaba llorando de impotencia y prefiriendo que te arranquen el corazón con tal de obtener una hora de sueño.

Días más tarde, cuando Cortés comentó en la «Taberna de Los Cuatro Vientos» las palabras del Almirante, Alonso de Ojeda, que escuchaba atentamente asintió con un gesto.

—Estoy de acuerdo —dijo—. Yo, que los sufrí en las selvas de Venezuela puedo confirmar que es preferible librar una feroz batalla contra los salvajes, que esa sorda lucha cada noche con miríadas de mosquitos. Llega un momento en que se diría que con la sangre, te han despojado hasta del último pensamiento.

—Algo habrá para combatirlos —aventuró Balboa que de igual modo se mostraba poco propenso a aceptar semejante afirmación.

—Dormir vestido, muriéndote de calor y casi ahogándote con un trapo en la cara, pero se cuelan incluso por las costuras de la ropa y a las gentes de nuestra piel y nuestra sangre nos convierten la vida en un infierno, tenedlo por seguro.

—Aquí también hay mosquitos —le hizo notar Pizarro—. Y no es para tanto.

—Los de «Tierra Firme» son diferentes. —Sentenció Ojeda—. No sé por qué, pero estoy de acuerdo con el Almirante en que se trata del peor de los martirios. ¿Cómo lo habéis encontrado? —concluyó volviéndose a Cortés.

—¿Al Almirante? —inquirió el aludido—. Acabado. No le conocía y no puedo saber cómo era antes, pero lo que sí sé es que ya arrió la mayor y la mesana y está a punto de echar el ancla.

—Me pregunto si debería ir a visitarle —musitó Ojeda—. Navegamos mucho tiempo juntos, y aunque jamás conseguí romper la coraza con que se rodea, en el fondo le admiro.

—Sin duda agradecería vuestra visita —señaló Cortés—. Parece necesitado de amistad.

—No lo creo —fue la respuesta—. Y tampoco creo que le gustara mirarse en mi espejo. Somos dos fracasados que hace tan sólo unos años surcábamos estos mares creyéndonos dueños del mundo. ¡Aspirábamos a tanto y hemos conseguido tan poco...!

—¡Vos lo conseguiréis! —señaló Pizarro seguro de lo que decía—. Aún estáis a tiempo.

—Lo dudo.

El Capitán Alonso de Ojeda continuó dudando de su destino, hasta la mañana en que entró en la taberna una menuda y casi esquelética mujer de inquietante mirada, que tras tomar asiento con gesto de fatiga y rogar a Pizarro que le sirviera una limonada, observó al de Cuenca que continuaba enfrascado en su tarea de escribir sin descanso, estudió con profunda atención cada uno de sus gestos, y acabó por inquirir con voz que parecía surgir del fondo de una tumba:

—Perdonad mi atrevimiento, caballero. ¿Por casualidad estáis redactando vuestras Memorias?

—Así es, en efecto —replicó Ojeda sorprendido—. ¿Cómo lo habéis adivinado?

—Intuición —fue la sencilla respuesta—. El movimiento de vuestra mano no es el de alguien que escribe una carta de amor o de negocios, sino el de quien cuenta cosas que surgen de lo más recóndito de la memoria.

—¡Os felicito! —señaló el de Cuenca—. No cabe duda de que sois una sagaz observadora.

—Es mi oficio. —Aquel esqueleto andante parecía leer en efecto en los ademanes de la gente—. Permitid que me presente —añadió—. Soy Gertrudis Avendaño, y acabo de llegar a la isla.

—¿Gertrudis Avendaño? —repitió el conquense interesado—. La famosa Gertrudis Avendaño de Ávila?

—La misma.

—¿Y qué hacéis tan lejos de Castilla?

—Buscar nuevos horizontes. Un día soñé que cruzaba el mar y me establecía en un lugar en que podría ser testigo de cómo el futuro se convertía en presente, y aquí estoy.

—Extraña explicación para tan largo viaje.

—Lo verdaderamente extraño núnca tiene explicación, pero cuando alguien como yo tiene un sueño semejante, debe convertirlo en realidad. —Sonrió casi con una mueca—. ¿Me permitirías estudiar vuestras manos más de cerca —añadió.

—Os advierto que no tengo ni un mal maravedí con que pagaros —fue la respuesta—. Ni por desgracia creo que llegue a tenerlo en mucho tiempo.

—No he cruzado el océano para hacer fortuna —respondió la mujer con absoluta calma—. Mi fortuna ya está hecha, y mi sueño es de otro tipo. ¿Me permitís?

Se había puesto en pie para ir a tomar asiento frente al desconcertado Ojeda, que alzó la vista hacia Pizarro como pidiendo consejo sin obtener más que un excéptico encogimiento de hombros, por lo que concluyó por alargar ambas manos con las palmas hacia arriba.

Gertrudis Avendaño, la inquietante abulense que había alcanzado renombre internacional por ser la más brillante quiromántica de su tiempo, y a cuyos salones acudían en peregrinación nobles y príncipes en busca de respuesta a las más absurdas demandas, pareció aislarse de cuanto le rodeaba, como si de improviso el mundo hubiera dejado de existir y nada contara para ella más que aquellas dos manos. Por último, y tras limpiar con un poco de saliva un par de manchas de tinta, se quedó tan inmóvil que se diría que se había convertido en una estatua de piedra.

Ojeda la miraba y de tanto en tanto lanzaba una ojeada en dirección a Pizarro que se mantenía en un respetuoso silencio, incapaz siquiera de parpadear, y si algún extraño hubiese hecho su aparición en aquel momento, a buen seguro que hubiese quedado absolutamente desconcertado.

Por último, la esquelética mujer cerró los ojos y se le diría aún más ausente, como en trance.

—¿Y bien? —inquirió al rato el de Cuenca impaciente—. ¿Qué habéis visto?

—Sangre —fue la severa respuesta—. Demasiada sangre y demasiado dolor sin motivo aparente. Es sangre derramada sin ambición, sin rencor y sin odio. No acabo de entenderlo.

—Eso es ya cosa del pasado —musitó Ojeda—. Acepto que provoqué demasiada sangre inútil, pero no pienso volver a hacerlo. ¿Qué más habéis visto?

—Muchas cosas —le miró a los ojos, como tratando de llegar hasta lo más profundo de su alma—. ¿Queréis saber la verdad? —inquirió con firmeza—. La verdad sin tapujos.

—Supondo que no habéis venido tan lejos para contar mentiras, ni yo estoy aquí para escucharlas —fue la respuesta.

—¡Bien! —admitió la otra—. Como queráis. Pero os advierto que a veces la verdad asusta.

—Lo único que siempre me asustó fue la mentira.

Gertrudis Avendaño hizo una nueva pausa, al final de la cual alzó el rostro hacia el estático Pizarro que parecía como alelado.

—¿Os importaría dejarnos? —inquirió—. Lo que tengo que decir tan sólo atañe a una persona.

El trujillano emitió un sonoro gruñido que mostraba bien a las claras cuánto le desagradaba semejante propuesta, y tras lanzar una bovina mirada a su amigo como solicitando permiso para quedarse, dio media vuelta y se alejó hacia el mostrador mascullando denuestos.

El esqueleto ambulante, del que se podría asegurar

que en lugar de llegar en una nave lo había hecho en un ataúd y aún le sobraba espacio, aguardó hasta asegurarse de que no podía oírles, y serenamente con voz ronca y firme, señaló:

—Vuestras manos son como un gran libro con palabras tan claras que incluso a mí, que tantas manos he visto, me sorprenden.

—Todo eso está muy bien. Pero, ¿qué dicen?

—Que llegará un hombre con el que ya habéis participado en grandes aventuras y emprenderéis juntos una arriesgada empresa.

—¡Juan de la Cosa! —exclamó Ojeda incapaz de contenerse—. Es mi mejor amigo, y ahora está en Sevilla convenciendo al Obispo Fonseca...

—¡No me deis detalles! —le interrumpió Gertrudis Avendaño con sequedad—. Saber demasiado suele condicionarme. De momento no me interesa conocer vuestro nombre ni el de vuestros amigos. Tan sólo sé que uno vendrá y que emprenderéis un viaje al confín del mundo conocido, pero que él nunca llegará.

—¿Por qué?

—No lo sé —admitió la otra con naturalidad—. Estoy leyendo en vuestras manos, no en las suyas.

—¿Y yo llegaré?

—Sí. Llegaréis, pero ese lugar se convertirá para Vos en un infierno.

—¿Qué clase de infierno?

—Cada cual tiene su propio infierno de acuerdo a sus temores. El mío sería no alcanzar a ver más allá de lo que ven mis ojos. Ignoro cuál es el vuestro.

—El fracaso.

—En ese caso el fracaso os acompañará dondequiera que vayáis como una nueva sombra. Plantaréis un gran árbol que dará hermosos frutos, pero será alguien a quien aborrecéis quien recoja esos frutos.

—No es muy halagüeño lo que auguráis —se lamentó el de Cuenca con evidente amargura.

—La verdad casi nunca lo es —admitió Gertrudis Avendaño—. Cuando estaba en la corte me veía obligada a ocultar muchas cosas porque aquella gente no pretendía conocer su destino, sino que les confirmara el que querían que fuese. —Sonrió con aquella especie de mueca que la hacía aún más repelente—. Aquí todo será distinto —añadió—. Aquí encontraré hombres que no temen la verdad. —Le apretó la mano con fuerza—. ¡Vos habéis sido el primero!

—¡Dudoso honor, si tan negro me lo pintáis! —masculló Ojeda con desgana—. ¿Qué me podéis aclarar sobre mi muerte?

—Jamás hablo de muerte. Todas las manos son diferentes, pero la muerte alcanza por igual a reinas y prostitutas. Y es además algo tan íntimo que ni siquiera yo puedo interferir. —El tono de su voz se suavizó, como si por alguna extraña razón se humanizase al añadir—: Lo que sí puedo deciros, es que vuestra fama perdurará durante siglos, e incluso habrá quien asegure que fuisteis el más querido y admirado y estuvisteis a punto de ser el más grande entre los grandes.

—Estar a punto es peor que no haber iniciado el camino.

—Os equivocáis. Lo que importa es la voluntad de recorrer ese camino. Llegar o no al final tan sólo depende de la suerte, y por desgracia malgastasteis la que os correspondía.

—Eso es muy cierto —admitió el de Cuenca—. Permitirme salir con bien de tantos lances debe haber dejado sin recursos a mi diosa de la fortuna si es que aún existe.

—Sois Ojeda, ¿verdad? —inquirió ella—. ¿El Capitán Alonso de Ojeda, al que llaman *El Caballero de la Virgen*?

—Creí que lo sabíais desde el principio.

—No podía saberlo puesto que os suponía en «Tierra Firme». —La mujeruca agitó su rala cabellera descuidada—. Razón tenía mi sueño —añadió—. Llego a este lugar y casi la primera persona con la que me relaciono, es Alonso de Ojeda. ¡Me esperan grandes cosas! —añadió, al tiempo que abría las manos y le mostraba las palmas como si con ello estuviese aclarándolo todo—. ¡Mirad mis manos! —exclamó exaltada—. En ellas está escrito que viviré cien años y conoceré a todos aquellos que construirán la Historia.

—¿Seré yo también parte de esa Historia?

Gertrudis Avendaño lanzó una despectiva mirada a Francisco Pizarro, que era quien había hecho la pregunta aproximándose de nuevo con su bayeta en la mano, y aunque por un momento pareció a punto de responder agriamente mandándole al infierno, concluyó por encoger los escuálidos hombros con más conmiseración que condescendencia.

—¿Por qué no? —replicó desganada—. ¡Nunca se sabe!

—¿Me leeréis también las manos?

—¿Ésas?

—No tengo otras —le hizo notar el trujillano—. Pero puedo lavármelas. —Hizo una corta pausa y su mirada dijo más que sus palabras—. ¡Por favor!

La otra lanzó un suspiro que era casi un reniego, dudó un instante, pero al fin hizo un gesto para que se aproximara.

—¡Está bien! —aceptó a regañadientes—. ¡Veamos qué encontramos ahí!

El otro se apresuró a lavárselas en una palangana, se las secó a conciencia y avanzó con ellas extendidas como un niño que acude a recibir el más maravilloso de los regalos.

—Será mejor que espere fuera —dijo Alonso de Ojeda poniéndose en pie, pero Gertrudis Avendaño le retuvo por el brazo, en un ademán que pretendía señalar que no merecía la pena tal esfuerzo.

Instantes después había cambiado de opinión, pues se quedó mirando las manos de Francisco Pizarro como quien ve visiones; se inclinó sobre ellas intentando asegurarse que las líneas que allí aparecían marcadas eran naturales y no estaban dibujadas, y por último alzó estupefacta los ojos para clavarlos en el cetrino rostro del trujillano.

Se diría que hasta la punta del descolorido cabello se le erizaba, y cuando volvió a concentrarse en el estudio se agitó en la silla y palideció como si estuviera en trance de sufrir un síncope.

—¡Dejadnos, por favor...! —musitó en un tono que sorprendió a Ojeda, pese a lo cual éste se puso en pie y se encaminó al ventanal, desde el que se dedicó a observar a los escasos transeúntes que iban y venían por la plaza.

Tras un silencio en el que se podía escuchar el vuelo de las moscas, la quiromántica abulense aspiró muy hondo, y con un leve murmullo que contrastaba con su vozarrón de siempre, susurró convencida:

—Son las manos de un rey. Las manos que se adueñarán de las mayores riquezas que jamás haya soñado el ser humano; las manos que conquistarán un imperio, y que conseguirán la más fantástica victoria que nadie haya logrado.

—¿Cómo decís? —inquirió Pizarro inclinándose hacia delante y torciendo el cuello temiendo haber oído mal.

—Que tenéis las manos de un semidiós —fue la firme respuesta.

—¡Pues serán las manos! —exclamó burlón—. Porque el resto pertenece a un pobre diablo.

—Os estoy hablando en serio —replicó la quiromántica, molesta—. Al leer las manos de Ojeda creía haber descubierto algo excepcional, pero las vuestras superan todo lo imaginable. ¡Mirad esto! —añadió, siguiendo con su afilada uña una de las líneas—. Pasaréis hambre y penalidades; sufriréis todos los tormentos del infierno, y llegaréis al límite de cuanto puede soportar un ser humano, pero al final de vuestra vida cuando hayáis perdido ya toda esperanza, llevaréis a cabo la más inconcebible de las hazañas; algo que os convertirá en uno de los hombres más poderosos del planeta y os hará pasar a la Historia como el más audaz general que jamás haya existido.

—¿General? —repitió Pizarro pasándose el dedo por la nariz y sorbiéndose los mocos—. Me conformaría con llegar a sargento, y ya el grado de capitán se me antoja un sueño inalcanzable.

—¡Pues seréis el capitán de todos los capitanes! —insistió la mujeruca—. El general que derrotará a un ejército mil veces más poderoso; un pequeño David que vencerá a un gigantesco Goliat.

—¡Anda ya!

—Os lo aseguro. Está escrito aquí, en vuestras manos.

—Pues no sé quién lo habrá escrito, porque lo que es yo, soy analfabeto —replicó socarrón el de trujillo. La tomó por la barbilla y le obligó a mirarle a los ojos—. ¿Seguro que no me confundís con otro? —quiso saber.

—Son vuestras manos.

—Manos de cuidador de cerdos —le hizo notar—. Y de mozo de taberna que no puede pagaros por decirle cosas tan absurdas. ¿Qué ganáis con mentirme?

—Yo nunca miento —puntualizó Gertrudis Avendaño—. Si algo es muy amargo, lo disimulo; incluso a veces oculto por completo la verdad, pero jamás he dicho una mentira. ¡Seréis más que un rey aunque por poco tiempo!

—¿Por qué?

—Os traicionarán.

—¿Me matarán?

Gertrudis Avendaño, que podía leer con absoluta claridad la forma en que su interlocutor sería asesinado, tardó en responder y cuando lo hizo mantuvo la cabeza gacha avergonzada de sí misma.

—Jamás hablo de la muerte —murmuró—. Tan sólo puedo deciros que seréis víctima de una gran traición.

Francisco Pizarro no respondió. Meditó unos instantes, se puso en pie, fue hasta la palangana, se lavó las manos a conciencia, y, tras secárselas en un paño limpio, regresó para colocarlas una vez más sobre la mesa.

—¡Empezad de nuevo! —pidió—. Y decidme algo agradable —añadió—. No tengo el menor interés en pasar una vida de perros para acabar siendo un glorioso general o un virrey traicionado. Quiero que me aclaréis si conoceré el amor, tendré una mujer y seré feliz con ella.

—No puedo saberlo —fue la sincera respuesta—. Es como si me pidierais que mirara al sol y os dijera si hay una estrella a sus espaldas. Su resplandor no me permitiría verla.

—¡Paparruchadas!

La exclamación tuvo la virtud de ofender a la mujeruca, que estuvo a punto de ponerse en pie y marcharse, pero las manos de Pizarro parecían hipnotizarla, obligándola a permanecer en su silla, sin apartar ni un instante los ojos de sus líneas.

—Jamás consentí que nadie me hablara en ese tono —dijo al fin—. He tardado casi cuarenta años en perfeccionar una ciencia tan antigua como el hombre, soy la más respetada y la mejor, y allá en Ávila alguien como Vos ni tan siquiera hubiese traspasado el umbral de mi puerta —le miró de frente, casi retándole para añadir desabrida—. Ni os he pedido nada, ni os cobro nada. Habéis acudido a mí rogando que os atienda y os digo lo que veo sin pretensión alguna de obtener beneficio. Estáis en vuestro derecho de creerme o no, pero lo menos que podéis hacer es respetarme.

—¡Y os respeto! —se apresuró a replicar Pizarro en un sincero deseo de calmarla—. Os respeto muchísimo, pero no podéis impedir que cuanto acabáis de decir me deje alelado. ¿Yo general y casi rey? ¡Por Dios, señora!

La otra le observó de arriba abajo; estudió su flaca figura, su desgarbado aspecto, su rostro vulgar y poco agraciado y la rudeza de sus gestos, y acabó por encogerse de hombros como aceptando a desgana la realidad más evidente:

—Los caminos del Señor son a menudo inescrutables —masculló—. Y he leído miles de manos de hombres magníficos que no me decían nada.

Fue a añadir algo más, pero en el umbral acababa de recortarse la silueta de Vasco Núñez de Balboa, que aparecía más sucio, desaliñado y hediondo que de costumbre, y al que le costaba un tremendo esfuerzo mantener una perfecta verticalidad, pues sin estar lo que se dice borracho, acusaba los efectos de una agitada noche que para él aún no había concluido.

—¡Buenos días! —tartajeó con esfuerzo—. ¿Hay alguien aquí que se compadezca de un extremeño realmente famélico?

No obtuvo respuesta, y cuando sus ojos se acostumbraron a la penumbra y pudo distinguir con claridad las figuras de Pizarro y la abulense sentados frente a frente y cogidos de las manos en un rincón de la taberna, se volvió interrogante a Alonso de Ojeda.

—¿Qué ocurre? —quiso saber—. ¿Acaso nuestro buen amigo Pizarro ha encontrado novia?

—Es Gertrudis Avendaño —señaló el de Cuenca como si ese nombre lo explicara todo—. La quiromántica.

—¡Gertrudis Avendaño! —exclamó el otro avanzando tambaleante para apoyarse en la mesa, inclinarse hacia delante con las piernas abiertas y observarla muy de cerca, como si estuviera contemplando un monstruo marino—. ¡Cielo Santo! —añadió—. ¿Y a qué debemos tal honor en semejante isla de mierda? Aquí no hay príncipes ni marquesas.

—Pero por lo visto habrá reyes —puntualizó Pizarro con aire de fastidio—. Y os he dicho mil veces que no aparezcáis por aquí borracho.

—¡No estoy borracho! —fue la firme respuesta—. Lo que tengo es fatiga. Hace tres días que no pruebo bocado y ese cerdo de Diego Escobar me ofreció un trago de ron. ¡Dios qué mal me siento! —gruñó, dejándose caer en una silla como un fardo—. Estoy enfermo; enfermo de miseria y de asco, y cansado de la vida.

—Lo que estáis es tan sucio que ni los cerdos de mi padre os soportarían. —Pizarro se metió detrás del mostrador y le lanzó una de las malolientes pastillas de jabón de Diego de Salcedo—. Id al río, daos un buen baño y si cuando volváis me satisface vuestro aspecto os prestaré ropa y os daré algo de comer. —Le apuntó con el dedo—. Pero será la última vez.

El otro dudó unos instantes y por fin lanzó un sonoro suspiro.

—¡De acuerdo! —dijo—. A la fuerza ahorcan. —Hizo ademán de ir a ponerse en pie, pero se lo pensó mejor, observó a la mujer y de improviso extendió la mano colocándosela ante los ojos—. ¡Decidme si veis algo! —suplicó—. Dadme alguna esperanza en un futuro mejor, porque si mi vida ha de seguir siendo esta basura, es preferible dejar que me arrastre la corriente y me devoren de una vez los tiburones. ¿Qué veis?

—Mugre.

—Evidentemente sois buena en vuestro oficio. —Rió el otro al tiempo que se restregaba las palmas de las manos en la destrozada camisa cubierta de lamparones—. ¿Y ahora?

Gertrudis Avendaño lanzó una distraída mirada a las sucias manos y todo su cuerpo se envaró como si una descarga eléctrica la hubiese recorrido de punta a punta. Dejó escapar un sonoro sollozo y podría creerse que de improviso todo un mundo asentado en sólidos cimientos, se derrumbaba.

—¿Qué pasa? —se alarmó Balboa—. ¿Qué veis además de la mugre?

—Veo que me estoy volviendo loca —fue la amarga respuesta—. Veo que todo lo que creía saber no me sirve de nada, pues está claro que a este lado del mar los hombres siguen siendo iguales, pero sus manos son diferentes.

—¿Por qué?

—Porque aquí dice que conquistaréis un reino, atravesaréis enormes montañas, descubriréis el mayor de los océanos y seréis uno de los más grandes entre los grandes. —Hizo una significativa pausa. Y añadió convencida—: ¡Y no me lo creo!

—¿Y eso? —se sorprendió el extremeño—. ¡Pues vaya una gracia! Si ni Vos misma creéis en vuestras predicciones, ¿quién diantres va a hacerlo?

—Nadie —aceptó ella derrotada por la evidencia—. ¡Tanto tiempo malgastado! —se lamentó sin tratar de evitar que las lágrimas corrieran libremente por su ajado rostro—. ¡Tantas noches de insomnio y tantos años de estudio imaginando que estaba a punto de alcanzar «La Gran Verdad», y en menos de una hora todo se viene abajo.

—No deberíais tomároslo tan a la tremenda —le hizo notar Alonso de Ojeda que se había aproximado y la observaba entre perplejo y apenado—. Puede que todo se deba a que aún no os habéis recuperado del largo viaje y eso os obliga a confundiros. —Le dio unas afectuosas palmaditas en la espalda intentando tranquilizarla—. En cuanto os aclimatéis a la isla, todo volverá a su cauce, tenedlo por seguro.

—¡Lo dudo!

—¡Vamos! Un poco de fe —pidió el de Cuenca—. Ésta es tierra de desesperados. No comencéis también a desesperar. —Hizo un gesto al elegante y pulcro caballero que acababa de hacer su entrada y le invitó a aproximarse—. ¡Venid! —suplicó—. Venid y mostrarle las manos a Doña Gertrudis Avendaño para que se convenza de que en Santo Domingo también hay gente normal y no todos somos monstruos —pidió— ¡Sentaos! Sentaos por favor y enseñad vuestras manos.

—¡Como queráis! —replicó amablemente Hernán Cortés—. Pero os advierto que yo jamás he creído en estas cosas.

Navegaron rumbo al Noroeste hasta que hicieron su aparición las innumerables islas del Jardín de la Reina y más allá, a lo lejos, las costas de aquella Cuba en la que *Cienfuegos* aprendiera a fumar hacía ya tantos años.

Vagaron sin prisas en busca del paraíso, y lo encontraron tres semanas más tarde, pues en cuanto la divisaron en lontananza abrigaron el convencimiento de que aquélla era la tierra prometida que no sólo ellos, sino toda la Humanidad, venía buscando desde que puso el pie sobre la superficie del planeta.

Tenía playas tranquilas, un arrecife que protegía el pequeño puerto natural, espesos bosques que trepaban en suave pendiente hasta una atalaya desde la que se podían otear todos los horizontes, y diminutos riachuelos de agua clara en los que construir embalses que permitieran retenerla por si llegaba la sequía.

Aves de todo tipo anidaban desde la cumbre hasta la orilla, sabrosas iguanas se deslizaban entre los matorrales, e infinidad de monos jugueteaban en las más altas ramas observando sin miedo a quienes se negaban a creer que nadie hubiese tomado posesión de tan maravilloso lugar anteriormente.

Estaba allí, como si el Creador hubiese escuchado sus plegarias y quisiera premiar la fe de quienes tanta fe tenían en sí mismos y en su obra, contribuyendo así a demostrar que cuando el hombre acepta poner límites a su ambición, Dios es capaz de ofrecerle cuanto pueda ambicionar.

Ingrid y *Cienfuegos* recorrieronn la isla cogidos de la mano sin necesidad de decirse una palabra, pues pese a que lo habían alcanzado con años de retraso, aquél era sin duda el sueño que siempre compartieron aunque en ocasiones lo tuvieran a miles de leguas de distancia uno del otro.

Aquél era el lugar perfecto para vivir, amar y tener hijos; el lugar para trazar surcos y hacer crecer las simientes; el lugar para tumbarse bajo una palmera a ver ponerse el sol por el Oeste, y el lugar para observar a los niños pescando entre las rocas, bañándose en la ensenada, o corriendo libres de todo peligro por el tranquilo bosque. Un lugar, en fin, para alcanzar esa dicha que tan sólo consiguen alcanzar los que aprenden a limitarse a ser dichosos.

Había que trabajar muy duro, eso era cierto; había que levantar viviendas, desbrozar la tierra, construir presas y un pequeño fuerte que les permitiera rechazar cualquier posible ataque, y había que aprender sobre todo a aprovechar cuanto la Naturaleza ofrecía sin llegar a agotarla, pero eran hombres y mujeres a los que no asustaba el trabajo que daba fruto, pues lo único que siempre les asustó fue la inutilidad del esfuerzo baldío.

No le pusieron nombre a la isla pues de común acuerdo llegaron a la conclusión de que no existía un solo nombre capaz de describirla, y cada cual eligió el enclave que más le apeteció para edificar su casa, cercar su granja y cultivar su huerto.

Lo hicieron, eso sí, siempre hacia dentro, para que ningún extraño pudiese sospechar que allí habitaban seres humanos, y se estableció que ninguna ventana se abriera hacia el mar para evitar el resplandor de una luz en mitad de la noche.

La campana del *Milagro* fue trasladada a hombros hasta la cima, y bastaba con que un punto sospechoso apareciera en el horizonte, para que el vigía la hiciese repicar ordenando que todos los fuegos se apagaran en el acto.

Aquel paraíso no tenía por qué ser compartido y no lo fue.

Días de sol siguieron a amaneceres tormentosos; noches de amor precedieron a difíciles partos, e incluso la muerte recibió su tributo, pues aunque aislado y pacífico, era aquél un mundo que seguía las reglas de cualquier mundo.

Nadie experimentó la tentación de escribir la historia de una isla que jamás tuvo historia, ya que al igual que la aventura del hombre empezó en el momento en que fue expulsado del paraíso y hasta ese mismo día careció de memoria, su aventura concluirá en el instante en que retorne a ese mismo paraíso, puesto que la auténtica felicidad, ni anuncia su llegada ni deja atrás sus huellas.

Esa felicidad es sólo flor de un día que se debe recoger cada amanecer para llevársela a la cama cada noche pidiendo a Dios que al despertar haya puesto allí otra flor para empezar de nuevo.

Hacer acopio de ellas resulta casi siempre esfuerzo inútil, puesto que lo más insospechado o lo más nimio suele hacer que todas esas flores se marchiten de improviso, y era aquélla una realidad que *Cienfuegos* había ido aprendiendo con el tiempo, a lo largo de todos los caminos de las montañas, los valles y las selvas.

También había aprendido que estaban en manos de una naturaleza violenta y generosa que de igual modo lo daba todo como lo arrebatada al día siguiente, y quienes en ella habían vivido desde el comienzo de los siglos le habían hecho comprender la inutilidad de atesorar cualquier tipo de riqueza cuya duración fuera más larga que la propia existencia.

Muchas naves cruzaron en los años siguientes a uno y otro lado de la isla; al Norte y al Sur, al Este y al Oeste. Algunas iban en busca de la gloria y otras regresaban de la derrota; unas acudían al olor de las riquezas y otras volvían cargadas de tesoros, pero ellos se limitaron a continuar allí, dando la espalda a cuanto no fuera su propia existencia, y cuando en alguna ocasión recibieron visitas, supieron hacerles comprender con amabilidad que no eran bien recibidas.

Cienfuegos tuvo otro hijo de Ingrid y cuatro que le dio Araya, y el tiempo también le enseñó que el amor es como esas células que en un determinado momento se dividen, pero que aciertan a crecer y vivir cada una por su lado e incluso en ocasiones contribuyen a formar un nuevo amor mucho más firme.

Gobernó su pequeño mundo con prudencia, resucitando un viejo concepto de clan que su raza parecía haber perdido, y aceptando en cierto modo la estructura social de las tribus indígenas, en las que el individuo vive sometido al bien de la comunidad pero la comunidad busca en primera instancia el bien del individuo.

Alzaron una pequeña iglesia a la que acudían aunque no tuvieran sacerdote, y una escuela en la que Ingrid enseñaba a los niños y les hablaba de lejanos países y costumbres por las que no merecía la pena sentirse atraídos, y quizá su mayor victoria fue la de saber vencer a la nostalgia.

Y es que esa engañosa porción de la memoria que incita a olvidar lo peor de los hechos dejando tan sólo flotar en la superficie del pozo de los recuerdos los mejores momentos, se transforma a menudo en el más cruel enemigo de quien ha dejado atrás una vida difícil.

Quienes emigran no suelen tener más equipaje que la continua evocación de su pasado, pero *Cienfuegos* desterró de la isla esa nostalgia, ayudando a su gente a comprender que más allá de la tierra que proporciona el sustento, y la familia que da las alegrías y las tristezas, tan sólo está Dios, y lo demás no es más que una quimera inalcanzable.

En pos de esa quimera marcharían hombres como Alonso de Ojeda, que tras infinitas derrotas y sufrimientos, acabaría sus días como pordiosero en un convento; Vasco Núñez de Balboa, acusado de traición y decapitado tras alcanzar la gloria de descubrir el Océano Pacífico; Francisco Pizarro, asesinado por los suyos cuando estaba en la cima del poder como Virrey del Perú, o el propio Hernán Cortés, que murió olvidado y en la ruina a pesar de haber sido el más genial capitán de la historia conquistando un imperio sin más ayuda que un puñado de locos.

Probablemente, ninguno de ellos hubiera cambiado su destino por el del cabrero, o quizá todos, nunca se sabe, porque en verdad resulta muy difícil dilucidar si cuando cierto tipo de hombres van en pos de la gloria lo hacen siguiendo los dictados de una necesidad que les proporciona una íntima satisfacción, o lo hacen guiados por el ansia de pasar a la Historia aun a sabiendas que el triunfo les conducirá a un terrible desastre.

Resulta hasta cierto punto curioso constatar, de que ni uno sólo de los considerados «grandes» en el descubrimiento del Nuevo Mundo llegó nunca a ser feliz ni tuvo un final digno de su genio.

Colón, Ojeda, Balboa, Pizarro, Cortés, Benalcázar y tantos otros como se jugaron locamente la vida, disfrutaron tan sólo de una efímera gloria, pues para todos ellos fue dura y agotadora la ascensión y brutal la caída, y cuando *Cienfuegos* tuvo noticias de cuál había sido el final de todos aquellos con los que había convivido, y hasta qué punto la caprichosa fortuna les ofreció lo mejor que tenía para darles por último la espalda, miró a su alrededor, se extasió con el hermoso paisaje de la isla, observó a sus nietos correr sobre la playa y acudió como cada atardecer a tomar asiento bajo el árbol que daba sombra a la tumba de *Doña Mariana Montenegro*, a confesarle una vez más su amor y a agradecerle que le hubiera hecho tan feliz durante tantos años.

Ni los tesoros de México o el Perú, ni aun todas las aguas del Pacífico valían lo que para él habían valido los incontables días de paz de que había disfrutado, ni mucho menos la serenidad que había sabido encontrar bajo aquel cielo tranquilo y estrellado.

En compensación la Historia no le dedicó ni siquiera una línea, pero a decir verdad parece ser que tal olvido no le importó nunca demasiado.

Y es que la Historia acostumbra a dedicar mucho espacio a lo que hacen los hombres, y muy poco a lo que sienten.

Lanzarote, setiembre 1991.

El papel utilizado para la impresión de este libro
ha sido fabricado a partir de madera
procedente de bosques y plantaciones
gestionados con los más altos estándares ambientales,
garantizando una explotación de los recursos
sostenible con el medio ambiente
y beneficiosa para las personas.
Por este motivo, Greenpeace acredita que
este libro cumple los requisitos ambientales y sociales
necesarios para ser considerado
un libro «amigo de los bosques».
El proyecto «Libros amigos de los bosques» promueve
la conservación y el uso sostenible de los bosques,
en especial de los Bosques Primarios,
los últimos bosques vírgenes del planeta.

Papel certificado por el Forest Stewardship Council®

FSC www.fsc.org MIXTO Papel procedente de fuentes responsables FSC® C117695